Epiktet

Handbüchlein der Moral

Griechisch / Deutsch

Übersetzt und herausgegeben
von Kurt Steinmann

AF635617

Reclam

Der Verlag behält sich die Verwertung der urheberrechtlich geschützten Inhalte dieses Werkes für Zwecke des Text- und Data-Minings nach § 44b UrhG ausdrücklich vor. Jegliche unbefugte Nutzung ist ausgeschlossen.

RECLAMS UNIVERSAL-BIBLIOTHEK Nr. 8788
1992, 2019 Philipp Reclam jun. Verlag GmbH,
Siemensstraße 32, 71254 Ditzingen
info@reclam.de
Bibliographisch aktualisierte Ausgabe 2019
Druck und Bindung: Elanders Waiblingen GmbH,
Anton-Schmidt-Straße 15, 71332 Waiblingen
Printed in Germany 2025
RECLAM, UNIVERSAL-BIBLIOTHEK und
RECLAMS UNIVERSAL-BIBLIOTHEK sind eingetragene Marken
der Philipp Reclam jun. GmbH & Co. KG, Stuttgart
ISBN 978-3-15-008788-6
reclam.de

ΕΓΧΕΙΡΙΔΙΟΝ
Handbüchlein der Moral

1

Τῶν ὄντων τὰ μέν ἐστιν ἐφ' ἡμῖν, τὰ δὲ οὐκ ἐφ' ἡμῖν. ἐφ' ἡμῖν μὲν ὑπόληψις, ὁρμή, ὄρεξις, ἔκκλισις καὶ ἑνὶ λόγῳ ὅσα ἡμέτερα ἔργα· οὐκ ἐφ' ἡμῖν δὲ τὸ σῶμα, ἡ κτῆσις, δόξαι, ἀρχαὶ καὶ ἑνὶ λόγῳ ὅσα οὐχ ἡμέτερα ἔργα.

Καὶ τὰ μὲν ἐφ' ἡμῖν ἐστὶ φύσει ἐλεύθερα, ἀκώλυτα, ἀπαραπόδιστα, τὰ δὲ οὐκ ἐφ' ἡμῖν ἀσθενῆ, δοῦλα, κωλυτά, ἀλλότρια. μέμνησο οὖν, ὅτι, ἐὰν τὰ φύσει δοῦλα ἐλεύθερα οἰηθῇς καὶ τὰ ἀλλότρια ἴδια, ἐμποδισθήσῃ, πενθήσεις, ταραχθήσῃ, μέμψῃ καὶ θεοὺς καὶ ἀνθρώπους, ἐὰν δὲ τὸ σὸν μόνον οἰηθῇς σὸν εἶναι, τὸ δὲ ἀλλότριον, ὥσπερ ἐστίν, ἀλλότριον, οὐδείς σε ἀναγκάσει οὐδέποτε, οὐδείς σε κωλύσει, οὐ μέμψῃ οὐδένα, οὐκ ἐγκαλέσεις τινί, ἄκων πράξεις οὐδὲ ἕν, ἐχθρὸν οὐχ ἕξεις, οὐδείς σε βλάψει, οὐδὲ γὰρ βλαβερόν τι πείσῃ.

Τηλικούτων οὖν ἐφιέμενος μέμνησο, ὅτι οὐ δεῖ μετρίως κεκινημένον ἅπτεσθαι αὐτῶν, ἀλλὰ τὰ μὲν ἀφιέναι παντελῶς, τὰ δ' ὑπερτίθεσθαι πρὸς τὸ παρόν.

Ἐὰν δὲ καὶ ταῦτ' ἐθέλῃς καὶ ἄρχειν καὶ πλουτεῖν, τυχὸν μὲν οὐδ' αὐτῶν τούτων τεύξῃ διὰ τὸ καὶ τῶν προτέρων ἐφίεσθαι, πάντως γε μὴν ἐκείνων ἀποτεύξῃ,

1

Worüber wir gebieten und worüber wir nicht gebieten

Über das eine gebieten wir, über das andere nicht. Wir gebieten über unser Begreifen, unsern Antrieb zum Handeln, unser Begehren und Meiden,[1] und, mit einem Wort, über alles, was von uns ausgeht; nicht gebieten wir über unsern Körper, unsern Besitz, unser Ansehen, unsere Machtstellung, und, mit einem Wort, über alles, was nicht von uns ausgeht.

Worüber wir gebieten, ist von Natur aus frei, kann nicht gehindert oder gehemmt werden; worüber wir aber nicht gebieten, ist kraftlos, abhängig, kann gehindert werden und steht unter fremdem Einfluß. Denk also daran:[2] Wenn du das von Natur aus Abhängige für frei hältst und das Fremde für dein eigen, so wird man deine Pläne durchkreuzen und du wirst klagen, die Fassung verlieren und mit Gott und der Welt hadern; hältst du aber nur das für dein Eigentum, was wirklich dir gehört, das Fremde hingegen, wie es tatsächlich ist, für fremd, dann wird niemand je dich nötigen, niemand dich hindern, du wirst niemanden schelten, niemandem die Schuld geben, nie etwas wider Willen tun, du wirst keinen Feind haben, niemand wird dir schaden, denn du kannst überhaupt keinen Schaden erleiden.

Wenn du nun nach so hohen Zielen strebst, denke daran, daß du nicht mit nur mäßigem Bemühen nach ihnen greifen darfst, nein, du mußt auf manches ganz verzichten, manches vorläufig aufschieben.

Wenn du aber außerdem auch auf Macht und Reichtum aus bist, so wirst du vielleicht auch hierin scheitern, weil du zugleich nach jenem strebst; auf alle Fälle wirst du

δι' ὧν μόνων ἐλευθερία καὶ εὐδαιμονία περιγίνεται. εὐθὺς οὖν πάσῃ φαντασίᾳ τραχείᾳ μελέτα ἐπιλέγειν ὅτι "φαντασία εἶ καὶ οὐ πάντως τὸ φαινόμενον." ἔπειτα ἐξέταζε αὐτὴν καὶ δοκίμαζε τοῖς κανόσι τούτοις οἷς ἔχεις, πρώτῳ δὲ τούτῳ καὶ μάλιστα, πότερον περὶ τὰ ἐφ' ἡμῖν ἐστιν ἢ περὶ τὰ οὐκ ἐφ' ἡμῖν· κἂν περί τι τῶν οὐκ ἐφ' ἡμῖν ᾖ, πρόχειρον ἔστω τὸ διότι "οὐδὲν πρὸς ἐμέ."

2

Μέμνησο, ὅτι ὀρέξεως ἐπαγγελία ἐπιτυχία οὗ ὀρέγῃ, ἐκκλίσεως ἐπαγγελία τὸ μὴ περιπεσεῖν ἐκείνῳ ὃ ἐκκλίνεται, καὶ ὁ μὲν ἐν ὀρέξει ἀποτυγχάνων ἀτυχής, ὁ δὲ ἐν ἐκκλίσει περιπίπτων δυστυχής. ἂν μὲν οὖν μόνα ἐκκλίνῃς τὰ παρὰ φύσιν τῶν ἐπὶ σοί, οὐδενί, ὧν ἐκκλίνεις, περιπεσῇ· νόσον δ' ἂν ἐκκλίνῃς ἢ θάνατον ἢ πενίαν, δυστυχήσεις. ἆρον οὖν τὴν ἔκκλισιν ἀπὸ πάντων τῶν οὐκ ἐφ' ἡμῖν καὶ μετάθες ἐπὶ τὰ παρὰ φύσιν τῶν ἐφ' ἡμῖν. τὴν ὄρεξιν δὲ παντελῶς ἐπὶ τοῦ παρόντος ἄνελε· ἄν τε γὰρ ὀρέγῃ τῶν οὐκ ἐφ' ἡμῖν τινός, ἀτυχεῖν ἀνάγκη, τῶν τε ἐφ' ἡμῖν, ὅσων ὀρέγε-

das verfehlen, woraus allein Freiheit und Glück hervorgehen. Bemühe dich daher, jedem ärgerlichen Eindruck sofort entgegenzuhalten: »Du bist nur ein Eindruck, und ganz und gar nicht das, was du zu sein scheinst.« Dann prüfe und begutachte den Eindruck nach den Regeln, die du kennst, vor allem nach der ersten Regel, ob der Eindruck zu tun hat mit den Dingen, über die wir gebieten oder nicht gebieten, und wenn er mit etwas zu tun hat, über das wir nicht gebieten, dann habe die Antwort zur Hand:[3] »Es geht mich nichts an.«

2
Begehren und Meiden

Bedenke: Begehren verheißt die Erreichung des Begehrten, Meiden verheißt, nicht dem anheimzufallen, was gemieden wird, und wer mit seinem Begehren scheitert, ist unglücklich, und wer dem anheimfällt, was er meiden möchte, ist auch unglücklich. Wenn du also von den Dingen, die du meisterst, nur das meidest, was gegen die Natur ist,[4] so wirst du dem gewiß nicht anheimfallen, was du meidest. Wenn du aber Krankheit, Tod oder Armut zu entgehen suchst, wirst du unglücklich sein. Zieh also deine Abneigung von allen Dingen zurück, die wir nicht meistern, und übertrage sie auf das, was gegen die Natur ist unter den Dingen, die wir meistern. Das Begehren aber gib vorläufig ganz auf. Denn wenn du etwas begehrst von dem, was wir nicht meistern, so wirst du notgedrungen unglücklich, und von den Dingen, die wir meistern, und die du begehren solltest, hast du noch

σθαι καλὸν ἄν, οὐδὲν οὐδέπω σοι πάρεστι. μόνῳ δὲ τῷ ὁρμᾶν καὶ ἀφορμᾶν χρῶ, κούφως μέντοι καὶ μεθ' ὑπεξαιρέσεως καὶ ἀνειμένως.

3

Ἐφ' ἑκάστου τῶν ψυχαγωγούντων ἢ χρείαν παρεχόντων ἢ στεργομένων μέμνησο ἐπιλέγειν, ὁποῖόν ἐστιν, ἀπὸ τῶν σμικροτάτων ἀρξάμενος. ἂν χύτραν στέργῃς, ὅτι "χύτραν στέργω"· κατεαγείσης γὰρ αὐτῆς οὐ ταραχθήσῃ. ἂν παιδίον σαυτοῦ καταφιλῇς ἢ γυναῖκα, ὅτι ἄνθρωπον καταφιλεῖς· ἀποθανόντος γὰρ οὐ ταραχθήσῃ.

4

Ὅταν ἅπτεσθαί τινος ἔργου μέλλῃς, ὑπομίμνῃσκε σεαυτόν, ὁποῖόν ἐστι τὸ ἔργον. ἐὰν λουσόμενος ἀπίῃς, πρόβαλλε σεαυτῷ τὰ γινόμενα ἐν βαλανείῳ, τοὺς ἀπορραίνοντας, τοὺς ἐγκρουομένους, τοὺς λοιδοροῦντας, τοὺς κλέπτοντας. καὶ οὕτως ἀσφαλέστερον ἅψῃ τοῦ ἔργου, ἐὰν ἐπιλέγῃς εὐθὺς ὅτι "λούσασθαι θέλω καὶ τὴν ἐμαυτοῦ προαίρεσιν κατὰ φύσιν ἔχου-

keinen rechten Begriff. Beschränke dich auf das Wollen und Nichtwollen, doch nicht verbissen, sondern mit Vorbehalt und Gleichmut.

3

Bedenke das eigentliche Wesen der Dinge

Bei allem, was deine Seele verlockt oder dir einen Nutzen gewährt oder was du lieb hast, denke daran, dir immer wieder zu sagen, was es eigentlich ist. Fang dabei mit den unscheinbarsten Dingen an. Wenn du einen Krug liebst, so sage dir: »Es ist ein Krug, den ich liebe.« Dann wirst du nämlich nicht deine Fassung verlieren, wenn er zerbricht. Wenn du dein Kind oder deine Frau küßt, so sage dir: »Es ist ein Mensch, den du küßt.« Dann wirst du nämlich nicht die Fassung verlieren[5], wenn er stirbt.

4

Ärger meiden, Haltung bewahren

Wenn du irgend etwas unternehmen willst, so mach dir klar, welcher Art das Unternehmen ist. Wenn du zum Beispiel zum Baden gehst, so stell dir vor, wie es in einer Badeanstalt zugeht, wie sie mit Wasser spritzen, einander anrempeln, beschimpfen und bestehlen. Und so wirst du dich mit größerer Sicherheit an dein Unternehmen machen, wenn du dir von vornherein sagst: »Ich will baden und zugleich meine sittlichen Grundsätze in Über-

σαν τηρῆσαι." καὶ ὡσαύτως ἐφ' ἑκάστου ἔργου. οὕτω γὰρ ἄν τι πρὸς τὸ λούσασθαι γένηται ἐμποδών, πρόχειρον ἔσται διότι "ἀλλ' οὐ τοῦτο ἤθελον μόνον, ἀλλὰ καὶ τὴν ἐμαυτοῦ προαίρεσιν κατὰ φύσιν ἔχουσαν τηρῆσαι· οὐ τηρήσω δέ, ἐὰν ἀγανακτῶ πρὸς τὰ γινόμενα."

5

Ταράσσει τοὺς ἀνθρώπους οὐ τὰ πράγματα, ἀλλὰ τὰ περὶ τῶν πραγμάτων δόγματα· οἷον ὁ θάνατος οὐδὲν δεινόν, ἐπεὶ καὶ Σωκράτει ἂν ἐφαίνετο, ἀλλὰ τὸ δόγμα τὸ περὶ τοῦ θανάτου, διότι δεινόν, ἐκεῖνο τὸ δεινόν ἐστιν. ὅταν οὖν ἐμποδιζώμεθα ἢ ταρασσώμεθα ἢ λυπώμεθα, μηδέποτε ἄλλον αἰτιώμεθα, ἀλλ' ἑαυτούς, τοῦτ' ἔστι τὰ ἑαυτῶν δόγματα.

Ἀπαιδεύτου ἔργον τὸ ἄλλοις ἐγκαλεῖν, ἐφ' οἷς αὐτὸς πράσσει κακῶς· ἠργμένου παιδεύεσθαι τὸ ἑαυτῷ· πεπαιδευμένου τὸ μήτε ἄλλῳ μήτε ἑαυτῷ.

einstimmung mit der Natur bewahren.« Und so bei allem Tun. Denn wenn irgend etwas dein Baden beeinträchtigt, wirst du alsdann den Satz zur Hand haben: »Ich wollte ja nicht nur baden, sondern auch meine sittlichen Grundsätze in Übereinstimmung mit der Natur bewahren; ich werde sie aber nicht bewahren, wenn ich mich über solche Vorkommnisse aufrege.«

5
Die Dinge und die Meinungen darüber sind nicht dasselbe

Nicht die Dinge selbst beunruhigen die Menschen, sondern ihre Meinungen und Urteile über die Dinge. So ist zum Beispiel der Tod nichts Furchtbares – sonst hätte er auch dem Sokrates[6] so erscheinen müssen –, sondern nur die Meinung, er sei etwas Furchtbares, das ist das Furchtbare. Wenn wir also auf Hindernisse stoßen, beunruhigt oder gekränkt werden, wollen wir die Schuld nie einem anderen, sondern nur uns selbst geben, das heißt unseren Meinungen und Urteilen.
Ein Ungebildeter verrät sich dadurch, daß er andern Vorwürfe macht, wenn es ihm schlecht geht; ein Anfänger in der philosophischen Bildung macht sich selbst Vorwürfe; der gründlich Gebildete schiebt die Schuld weder auf einen andern noch auf sich selbst.

6

Ἐπὶ μηδενὶ ἐπαρθῇς ἀλλοτρίῳ προτερήματι. εἰ ὁ ἵππος ἐπαιρόμενος ἔλεγεν ὅτι “καλός εἰμι,” οἰστὸν ἂν ἦν· σὺ δέ, ὅταν λέγῃς ἐπαιρόμενος ὅτι “ἵππον καλὸν ἔχω,” ἴσθι, ὅτι ἐπὶ ἵππου ἀγαθῷ ἐπαίρῃ. τί οὖν ἐστὶ σόν; χρῆσις φαντασιῶν. ὥσθ', ὅταν ἐν χρήσει φαντασιῶν κατὰ φύσιν σχῇς, τηνικαῦτα ἐπάρθητι· τότε γὰρ ἐπὶ σῷ τινὶ ἀγαθῷ ἐπαρθήσῃ.

7

Καθάπερ ἐν πλῷ τοῦ πλοίου καθορμισθέντος εἰ ἐξέλθοις ὑδρεύσασθαι, ὁδοῦ μὲν πάρεργον καὶ κοχλίδιον ἀναλέξῃ καὶ βολβάριον, τετάσθαι δὲ δεῖ τὴν διάνοιαν ἐπὶ τὸ πλοῖον καὶ συνεχῶς ἐπιστρέφεσθαι, μή ποτε ὁ κυβερνήτης καλέσῃ, κἂν καλέσῃ, πάντα ἐκεῖνα ἀφιέναι, ἵνα μὴ δεδεμένος ἐμβληθῇς ὡς τὰ πρόβατα· οὕτω καὶ ἐν τῷ βίῳ, ἐὰν διδῶται ἀντὶ βολβαρίου καὶ κοχλιδίου γυναικάριον καὶ παιδίον, οὐδὲν κωλύσει· ἐὰν δὲ ὁ κυβερνήτης καλέσῃ, τρέχε ἐπὶ

6
Falscher und echter Stolz

Sei auf keinen Vorzug stolz, der nicht dein eigener ist. Wenn ein Pferd in seinem Stolz sagen würde: »Ich bin schön«, so wäre das noch erträglich. Wenn du aber mit Stolz sagst: »Ich habe ein schönes Pferd«, dann wisse, daß du nur auf einen Vorzug eines Pferdes stolz bist. Was ist nun dein eigen? Der Gebrauch deiner Vorstellungen. Wenn du also beim Gebrauch deiner Vorstellungen dich in Übereinstimmung mit der Natur verhältst, dann sei stolz; denn dann wirst du auf einen Vorzug stolz sein, der wirklich dein eigen ist.

7
Der Ruf des Steuermanns

Wenn auf einer Seefahrt das Schiff gelandet ist und du aussteigst, um frisches Wasser zu holen, dann magst du nebenher ein Schalentier auflesen oder eine Meerzwiebel, aber deine Aufmerksamkeit muß auf das Schiff gerichtet bleiben, und du mußt es beständig im Auge behalten, ob nicht etwa der Steuermann[7] ruft; und wenn er ruft, dann mußt du all jene Dinge liegen lassen, damit du nicht gefesselt wie die Schafe in das Schiff geworfen wirst. So ist es auch im Leben: Wenn dir statt einer Meerzwiebel oder eines Schalentiers eine Frau[8] und ein Kind gegeben sind, so wird dies kein Hindernis sein. Wenn der Steuermann ruft, so laß das alles liegen, eile zum Schiff und

τὸ πλοῖον ἀφεὶς ἐκεῖνα ἅπαντα μηδὲ ἐπιστρεφόμενος. ἐὰν δὲ γέρων ᾖς, μηδὲ ἀπαλλαγῇς ποτὲ τοῦ πλοίου μακράν, μή ποτε καλοῦντος ἐλλίπῃς.

8

Μὴ ζήτει τὰ γινόμενα γίνεσθαι ὡς θέλεις, ἀλλὰ θέλε τὰ γινόμενα ὡς γίνεται καὶ εὐροήσεις.

9

Νόσος σώματός ἐστιν ἐμπόδιον, προαιρέσεως δὲ οὔ, ἐὰν μὴ αὐτὴ θέλῃ. χώλανσις σκέλους ἐστὶν ἐμπόδιον, προαιρέσεως δὲ οὔ. καὶ τοῦτο ἐφ' ἑκάστου τῶν ἐμπιπτόντων ἐπίλεγε· εὑρήσεις γὰρ αὐτὸ ἄλλου τινὸς ἐμπόδιον, σὸν δὲ οὔ.

dreh dich dabei nicht um. Bist du aber alt, so entferne dich niemals mehr weit vom Schiff, damit du nicht etwa ausbleibst, wenn er dich ruft.

8
Nicht mein Wille

Verlange nicht, daß das, was geschieht, so geschieht, wie du es wünschst, sondern wünsche, daß es so geschieht, wie es geschieht, und dein Leben wird heiter dahinströmen.

9
Kein Hindernis für dich

Krankheit ist hinderlich für den Körper, für die sittlichen Grundsätze aber nicht, falls sie selbst es nicht wollen. Lähmung[9] ist hinderlich für das Bein, für die sittlichen Grundsätze aber nicht. Sag dir das bei allem, was dir zustößt. Du wirst nämlich finden, daß es für irgend etwas anderes hinderlich ist, nicht aber für dich.

10

Ἐφ᾽ ἑκάστου τῶν προσπιπτόντων μέμνησο ἐπιστρέφων ἐπὶ σεαυτὸν ζητεῖν, τίνα δύναμιν ἔχεις πρὸς τὴν χρῆσιν αὐτοῦ. ἐὰν καλὸν ἴδῃς ἢ καλήν, εὑρήσεις δύναμιν πρὸς ταῦτα ἐγκράτειαν· ἐὰν πόνος προσφέρηται, εὑρήσεις καρτερίαν· ἂν λοιδορία, εὑρήσεις ἀνεξικακίαν. καὶ οὕτως ἐθιζόμενόν σε οὐ συναρπάσουσιν αἱ φαντασίαι.

11

Μηδέποτε ἐπὶ μηδενὸς εἴπῃς ὅτι "ἀπώλεσα αὐτό," ἀλλ᾽ ὅτι "ἀπέδωκα." τὸ παιδίον ἀπέθανεν; ἀπεδόθη. ἡ γυνὴ ἀπέθανεν; ἀπεδόθη. "τὸ χωρίον ἀφῃρέθην." οὐκοῦν καὶ τοῦτο ἀπεδόθη. "ἀλλὰ κακὸς ὁ ἀφελόμενος." τί δὲ σοὶ μέλει, διὰ τίνος σε ὁ δοὺς ἀπῄτησε; μέχρι δ᾽ ἂν διδῷ, ὡς ἀλλοτρίου αὐτοῦ ἐπιμελοῦ, ὡς τοῦ πανδοχείου οἱ παριόντες.

10
Gegenkräfte in dir

Bei allem, was dir widerfährt, denke daran, dich dir selbst zuzuwenden und zu untersuchen, welche Kraft du hast, dich mit ihm auseinanderzusetzen. Wenn du einen schönen Knaben oder ein schönes Mädchen erblickst, so wirst du als Gegenkraft Selbstbeherrschung in dir finden; mutet man dir eine schwere Strapaze zu, so wirst du Ausdauer, beleidigt man dich, Gleichmut finden.[10] Wenn du dich daran gewöhnt hast, werden dich die Eindrücke und (falschen) Vorstellungen nicht mehr hinreißen.

11
Es gibt keinen Verlust

Sag nie von einer Sache: »Ich habe sie verloren«, sondern: »Ich habe sie zurückgegeben.« Dein Kind ist gestorben? Es wurde zurückgegeben. Deine Frau ist gestorben? Sie wurde zurückgegeben. »Man hat mir mein Grundstück gestohlen.« Nun, auch das wurde zurückgegeben. »Aber es ist doch ein Schuft, der es mir gestohlen hat.« Was schert es dich, durch wen es der Geber von dir zurückforderte? Solange er es dir zur Verfügung stellt, behandle es als fremdes Eigentum wie die Reisenden ihre Herberge.

12

Εἰ προκόψαι θέλεις, ἄφες τοὺς τοιούτους ἐπιλογισμούς. "ἐὰν ἀμελήσω τῶν ἐμῶν, οὐχ ἕξω διατροφάς"· "ἐὰν μὴ κολάσω τὸν παῖδα, πονηρὸς ἔσται." κρεῖσσον γὰρ λιμῷ ἀποθανεῖν ἄλυπον καὶ ἄφοβον γενόμενον ἢ ζῆν ἐν ἀφθόνοις ταρασσόμενον. κρεῖττον δὲ τὸν παῖδα κακὸν εἶναι ἢ σὲ κακοδαίμονα. ἄρξαι τοιγαροῦν ἀπὸ τῶν σμικρῶν. ἐκχεῖται τὸ ἐλάδιον, κλέπτεται τὸ οἰνάριον· ἐπίλεγε ὅτι "τοσούτου πωλεῖται ἀπάθεια, τοσούτου ἀταραξία"· προῖκα δὲ οὐδὲν περιγίνεται.
Ὅταν δὲ καλῇς τὸν παῖδα, ἐνθυμοῦ, ὅτι δύναται μὴ ὑπακοῦσαι καὶ ὑπακούσας μηδὲν ποιῆσαι ὧν θέλεις· ἀλλ' οὐχ οὕτως ἐστὶν αὐτῷ καλῶς, ἵνα ἐπ' ἐκείνῳ ᾖ τὸ σὲ μὴ ταραχθῆναι.

13

Εἰ προκόψαι θέλεις, ὑπόμεινον ἕνεκα τῶν ἐκτὸς ἀνόητος δόξας καὶ ἠλίθιος, μηδὲν βούλου δοκεῖν ἐπίστασθαι· κἂν δόξῃς τις εἶναί τισιν, ἀπίστει σεαυτῷ.

12
Gleichmut hat seinen Preis

Wenn du moralische Fortschritte[11] machen willst, gib Erwägungen wie die folgenden auf: »Wenn ich mich nicht um meine Geschäfte kümmere, werde ich nichts zu essen haben.« Oder: »Wenn ich meinen Sklaven nicht züchtige, wird er ein Nichtsnutz.« Denn es ist besser, frei von Kummer und Angst[12] Hungers zu sterben, als ständig innerlich aufgewühlt zu leben. Es ist besser, daß dein Sklave ein Taugenichts ist, als daß du selbst unglücklich bist. Fang also mit den unscheinbaren Dingen an: Wird dir ein bißchen Öl verschüttet, ein bißchen Wein gestohlen, so sage dir: »Das ist der Preis für Gleichmut, das der Preis für innere Ruhe.«[13] Umsonst bekommt man nichts.

Wenn du deinen Sklaven rufst, bedenke, daß er dich vielleicht nicht hören kann, und wenn er dich gehört hat, daß er vielleicht gar nicht in der Lage ist, das zu tun, was du von ihm verlangst. Aber sein Einfluß ist nicht so groß, daß deine innere Ruhe von ihm abhängt.

13
Entweder – oder

Wenn du Fortschritte machen willst, so ertrage es, daß man dich in Hinsicht auf die äußeren Dinge für unverständig und närrisch hält, und wolle auch nicht den Anschein erwecken, etwas zu verstehen, und wenn du einigen als etwas Besonderes erscheinst, mißtraue dir

ἴσθι γὰρ ὅτι οὐ ῥᾴδιον τὴν προαίρεσιν τὴν σεαυτοῦ κατὰ φύσιν ἔχουσαν φυλάξαι καὶ τὰ ἐκτός, ἀλλὰ τοῦ ἑτέρου ἐπιμελούμενον τοῦ ἑτέρου ἀμελῆσαι πᾶσα ἀνάγκη.

14

Ἐὰν θέλῃς τὰ τέκνα σου καὶ τὴν γυναῖκα καὶ τοὺς φίλους σου πάντοτε ζῆν, ἠλίθιος εἶ· τὰ γὰρ μὴ ἐπὶ σοὶ θέλεις ἐπὶ σοὶ εἶναι καὶ τὰ ἀλλότρια σὰ εἶναι· οὕτω κἂν τὸν παῖδα θέλῃς μὴ ἁμαρτάνειν, μωρὸς εἶ· θέλεις γὰρ τὴν κακίαν μὴ εἶναι κακίαν, ἀλλ' ἄλλο τι.
Ἐὰν δὲ θέλῃς ὀρεγόμενος μὴ ἀποτυγχάνειν, τοῦτο δύνασαι. τοῦτο οὖν ἄσκει, ὃ δύνασαι.
Κύριος ἑκάστου ἐστὶν ὁ τῶν ὑπ' ἐκείνου θελομένων ἢ μὴ θελομένων ἔχων τὴν ἐξουσίαν εἰς τὸ περιποιῆσαι ἢ ἀφελέσθαι.
Ὅστις οὖν ἐλεύθερος εἶναι βούλεται, μήτε θελέτω τι μήτε φευγέτω τι τῶν ἐπ' ἄλλοις· εἰ δὲ μή, δουλεύειν ἀνάγκη.

selbst. Wisse nämlich, daß es für dich nicht leicht ist, deine sittlichen Grundsätze in Übereinstimmung mit der Natur zu erhalten und zugleich die äußeren Dinge ernst zu nehmen, sondern wer sich um das eine kümmert, vernachlässigt zwangsläufig das andere.

14

Falsches und richtiges Wollen

Wenn du willst, daß deine Kinder, deine Frau und deine Freunde ewig leben, bist du ein Narr; denn du willst, daß du über das, worüber du nicht gebietest, gebietest, und daß das, was dir nicht gehört, dir gehöre. Und wenn du willst, daß dein Sklave keinen Fehler mache, bist du ebenso töricht; denn du willst, daß das Laster kein Laster sei, sondern etwas anderes.

Wenn du aber den Willen hast, das Ziel deines Strebens nicht zu verfehlen, so steht das in deiner Macht. In dem also übe dich,[14] was dir möglich ist.

Meister über einen jeden ist der, der die Macht hat, das, was der andere will oder nicht will, ihm zu gewähren oder ihn davon zu befreien.

Wer also frei sein will, soll weder etwas erstreben noch etwas meiden von dem, worüber andere gebieten; sonst wird er zwangsläufig zum Sklaven.

15

Μέμνησο, ὅτι ὡς ἐν συμποσίῳ σε δεῖ ἀναστρέφεσθαι. περιφερόμενον γέγονέ τι κατὰ σέ· ἐκτείνας τὴν χεῖρα κοσμίως μετάλαβε. παρέρχεται· μὴ κάτεχε. οὔπω ἥκει· μὴ ἐπίβαλλε πόρρω τὴν ὄρεξιν, ἀλλὰ περίμενε, μέχρις ἂν γένηται κατὰ σέ.
Οὕτω πρὸς τέκνα, οὕτω πρὸς γυναῖκα, οὕτω πρὸς ἀρχάς, οὕτω πρὸς πλοῦτον· καὶ ἔσῃ ποτὲ ἄξιος τῶν θεῶν συμπότης.
Ἂν δὲ καὶ παρατεθέντων σοι μὴ λάβῃς, ἀλλ' ὑπερίδῃς, τότε οὐ μόνον συμπότης τῶν θεῶν ἔσῃ, ἀλλὰ καὶ συνάρχων. οὕτω γὰρ ποιῶν Διογένης καὶ Ἡράκλειτος καὶ οἱ ὅμοιοι ἀξίως θεῖοί τε ἦσαν καὶ ἐλέγοντο.

16

Ὅταν κλαίοντα ἴδῃς τινὰ ἐν πένθει ἢ ἀποδημοῦντος τέκνου ἢ ἀπολωλεκότα τὰ ἑαυτοῦ, πρόσεχε μή σε ἡ φαντασία συναρπάσῃ ὡς ἐν κακοῖς ὄντος αὐτοῦ τοῖς ἐκτός, ἀλλ' εὐθὺς ἔστω πρόχειρον ὅτι "τοῦτον θλίβει

15
Warte, bis du an die Reihe kommst

Bedenke: Du mußt dich (im Leben) wie bei einem Gastmahl benehmen. Es wird etwas herumgereicht, und du kommst an die Reihe. Strecke deine Hand aus und nimm bescheiden deine Portion. Es wird weitergereicht. Halte es nicht zurück. Es ist noch nicht bei dir angelangt. Richte nicht schon von weitem dein Verlangen darauf, sondern gedulde dich, bis die Reihe an dir ist.

So halte es auch mit dem Verlangen nach Kindern, nach einer Frau, nach Ämtern, nach Reichtum, und du wirst einst ein würdiger Tischgenosse der Götter sein.

Wenn du aber sogar von dem, was dir vorgesetzt wird, nicht nimmst, sondern es nicht beachtest, dann wirst du nicht nur ein Tischgenosse der Götter sein, sondern auch ihr Mitregent. So machten es Diogenes, Heraklit[15] und ihresgleichen, und darum waren und hießen sie mit Recht göttlich.

16
Mitleiden, aber mit Vorbehalt

Wenn du jemanden in seiner Trauer weinen siehst, weil sein Kind außer Landes ist oder weil er sein Vermögen verloren hat, so gib acht, daß dich nicht die Vorstellung hinreißt, er sei aufgrund dieser äußeren Ereignisse wirklich im Unglück, sondern sogleich habe den Satz zur Hand: »Nicht das, was passiert ist, bedrückt diesen

οὐ τὸ συμβεβηκός (ἄλλον γὰρ οὐ θλίβει), ἀλλὰ τὸ δόγμα τὸ περὶ τούτου."
Μέχρι μέντοι λόγου μὴ ὄκνει συμπεριφέρεσθαι αὐτῷ, κἂν οὕτω τύχῃ, καὶ συνεπιστενάξαι· πρόσεχε μέντοι μὴ καὶ ἔσωθεν στενάξῃς.

17

Μέμνησο, ὅτι ὑποκριτὴς εἶ δράματος, οἵου ἂν θέλῃ ὁ διδάσκαλος· ἂν βραχύ, βραχέος· ἂν μακρόν, μακροῦ· ἂν πτωχὸν ὑποκρίνασθαί σε θέλῃ, ἵνα καὶ τοῦτον εὐφυῶς ὑποκρίνῃ· ἂν χωλόν, ἂν ἄρχοντα, ἂν ἰδιώτην.
Σὸν γὰρ τοῦτ' ἔστι, τὸ δοθὲν ὑποκρίνασθαι πρόσωπον καλῶς· ἐκλέξασθαι δ' αὐτὸ ἄλλου.

18

Κόραξ ὅταν μὴ αἴσιον κεκράγῃ, μὴ συναρπαζέτω σε ἡ φαντασία· ἀλλ' εὐθὺς διαίρει παρὰ σεαυτῷ καὶ λέγε ὅτι "τούτων ἐμοὶ οὐδὲν ἐπισημαίνεται, ἀλλ' ἢ τῷ σωματίῳ μου ἢ τῷ κτησειδίῳ μου ἢ τῷ δοξαρίῳ μου ἢ

Mann (denn einen andern bedrückt es ja auch nicht), sondern seine Meinung darüber.«
Soweit es nur auf Worte ankommt, zögere freilich nicht, ihm dein Mitgefühl zu bezeigen und, wenn es sich so ergibt, auch mit ihm zu klagen; nur gib acht, daß du nicht auch innerlich ergriffen klagst.[16]

17
Das Leben ein Schauspiel

Bedenke: Du bist Darsteller eines Stücks,[17] dessen Charakter der Autor bestimmt, und zwar eines kurzen, wenn er es kurz, eines langen, wenn er es lang wünscht. Will er, daß du einen Bettler darstellst, so spiele auch diesen einfühlend; ein Gleiches gilt für einen Krüppel, einen Herrscher oder einen gewöhnlichen Menschen.
Deine Aufgabe ist es nur, die dir zugeteilte Rolle gut zu spielen; sie auszuwählen, steht einem andern zu.

18
Über Vorzeichen

Wenn ein Rabe unheilverkündend krächzt, laß dich nicht von deiner Vorstellung hinreißen, sondern kläre sogleich dein Denken und sage dir: »Keines dieser Vorzeichen gilt mir, sondern nur meinem armseligen Körper, meinem dürftigen Besitz, meinem bißchen Ansehen, meinen Kindern oder meiner Frau. Für mich gibt es nur glückverhei-

τοῖς τέκνοις ἢ τῇ γυναικί. ἐμοὶ δὲ πάντα αἴσια σημαίνεται, ἐὰν ἐγὼ θέλω· ὅ τι γὰρ ἂν τούτων ἀποβαίνῃ, ἐπ' ἐμοί ἐστιν ὠφεληθῆναι ἀπ' αὐτοῦ."

19

Ἀνίκητος εἶναι δύνασαι, ἐὰν εἰς μηδένα ἀγῶνα καταβαίνῃς, ὃν οὐκ ἔστιν ἐπὶ σοὶ νικῆσαι. ὅρα μήποτε ἰδών τινα προτιμώμενον ἢ μέγα δυνάμενον ἢ ἄλλως εὐδοκιμοῦντα μακαρίσῃς, ὑπὸ τῆς φαντασίας συναρπασθείς. ἐὰν γὰρ ἐν τοῖς ἐφ' ἡμῖν ἡ οὐσία τοῦ ἀγαθοῦ ᾖ, οὔτε φθόνος οὔτε ζηλοτυπία χώραν ἔχει· σύ τε αὐτὸς οὐ στρατηγός, οὐ πρύτανις ἢ ὕπατος εἶναι θελήσεις ἀλλ' ἐλεύθερος. μία δὲ ὁδὸς πρὸς τοῦτο, καταφρόνησις τῶν οὐκ ἐφ' ἡμῖν.

20

Μέμνησο, ὅτι οὐχ ὁ λοιδορῶν ἢ ὁ τύπτων ὑβρίζει, ἀλλὰ τὸ δόγμα τὸ περὶ τούτων ὡς ὑβριζόντων. ὅταν οὖν ἐρεθίσῃ σέ τις, ἴσθι, ὅτι ἡ σή σε ὑπόληψις

ßende Vorzeichen, wenn ich es will. Was auch immer davon eintreffen mag, von mir hängt es ab, ob ich Nutzen daraus ziehe.«

19
Der Weg zur Freiheit

Unbesiegbar kannst du sein, wenn du dich auf keinen Kampf einläßt, in dem der Sieg nicht von dir abhängt. Wenn du jemanden siehst, den man dir in der Ehre vorzieht, der großen Einfluß hat oder sonst hohes Ansehen genießt, so laß dich nicht vom äußern Eindruck blenden und preise ihn nicht glücklich. Denn wenn das wahre Wesen des Guten zu dem gehört, worüber wir gebieten, dann ist weder Neid noch Eifersucht am Platz. Du selbst willst doch kein Prätor, Senator oder Konsul sein, sondern ein freier Mensch. Nur ein einziger Weg aber führt dahin: Alles zu verachten, worüber wir nicht gebieten.

20
Beleidigungen treffen dich nicht

Bedenke: Nicht wer dich beschimpft oder dich schlägt, verletzt dich, sondern nur deine Meinung, daß diese Leute dich verletzen. Wenn dich also jemand reizt, so wisse, daß es deine eigene Vorstellung[18] ist, die dich gereizt hat. Deshalb versuche vor allem, dich vom

ἠρέθικε. τοιγαροῦν ἐν πρώτοις πειρῶ ὑπὸ τῆς φαντασίας μὴ συναρπασθῆναι· ἂν γὰρ ἅπαξ χρόνου καὶ διατριβῆς τύχῃς, ῥᾷον κρατήσεις σεαυτοῦ.

21

Θάνατος καὶ φυγὴ καὶ πάντα τὰ δεινὰ φαινόμενα πρὸ ὀφθαλμῶν ἔστω σοι καθ' ἡμέραν, μάλιστα δὲ πάντων ὁ θάνατος· καὶ οὐδὲν οὐδέποτε οὔτε ταπεινὸν ἐνθυμηθήσῃ οὔτε ἄγαν ἐπιθυμήσεις τινός.

22

Εἰ φιλοσοφίας ἐπιθυμεῖς, παρασκευάζου αὐτόθεν ὡς καταγελασθησόμενος, ὡς καταμωκησομένων σου πολλῶν, ὡς ἐρούντων ὅτι "ἄφνω φιλόσοφος ἡμῖν ἐπανελήλυθε" καὶ "πόθεν ἡμῖν αὕτη ἡ ὀφρύς;"
Σὺ δὲ ὀφρὺν μὲν μὴ σχῇς· τῶν δὲ βελτίστων σοι φαινομένων οὕτως ἔχου, ὡς ὑπὸ τοῦ θεοῦ τεταγμένος εἰς ταύτην τὴν χώραν· μέμνησό τε διότι, ἐὰν μὲν ἐμμείνῃς τοῖς αὐτοῖς, οἱ καταγελῶντές σου τὸ πρότερον οὗτοί σε ὕστερον θαυμάσονται, ἐὰν δὲ ἡττηθῇς αὐτῶν, διπλοῦν προσλήψῃ καταγέλωτα.

äußern Eindruck nicht hinreißen zu lassen. Hast du erst einmal Bedenkzeit gewonnen, wirst du dich leichter bemeistern.

21
Meditatio mortis

Tod, Verbannung und alles andere, was furchtbar erscheint, halte dir täglich vor Augen, vor allem aber den Tod[19], und du wirst niemals schäbige Gedanken haben oder etwas maßlos begehren.

22
Trotze dem Spott

Ist dir das Streben nach Weisheit ein echtes Bedürfnis, so stelle dich von vornherein darauf ein, daß man dich auslachen wird und daß dich viele verhöhnen und sagen werden: »Der ist uns plötzlich als Philosoph heimgekommen«, und: »Wie kommt es, daß er die Brauen so hochzieht?«[20]

Laß du nur das Stirnrunzeln. An dem aber, was dir als das Beste erscheint, halte so fest, als wärest du von Gott auf diesen Posten gestellt. Bedenke: Wenn du treu bei deinen Grundsätzen bleibst, dann werden dich alle, die dich vorher immer auslachten, nachher bewundern. Weichst du aber ihrem Druck, so wirst du doppelten Spott ernten.

23

Ἐάν ποτέ σοι γένηται ἔξω στραφῆναι πρὸς τὸ βούλεσθαι ἀρέσαι τινί, ἴσθι ὅτι ἀπώλεσας τὴν ἔνστασιν. ἀρκοῦ οὖν ἐν παντὶ τῷ εἶναι φιλόσοφος. εἰ δὲ καὶ δοκεῖν βούλει, σαυτῷ φαίνου καὶ ἱκανὸς ἔσῃ.

24

Οὗτοί σε οἱ διαλογισμοὶ μὴ θλιβέτωσαν· "ἄτιμος ἐγὼ βιώσομαι καὶ οὐδεὶς οὐδαμοῦ." εἰ γὰρ ἡ ἀτιμία ἐστὶ κακόν, οὐ δύνασαι ἐν κακῷ εἶναι δι' ἄλλον, οὐ μᾶλλον ἢ ἐν αἰσχρῷ· μή τι οὖν σόν ἐστιν ἔργον τὸ ἀρχῆς τυχεῖν ἢ παραληφθῆναι ἐφ' ἑστίασιν; οὐδαμῶς. πῶς οὖν ἔτι τοῦτ' ἔστιν ἀτιμία; πῶς δὲ οὐδεὶς οὐδαμοῦ ἔσῃ, ὃν ἐν μόνοις εἶναί τινα δεῖ τοῖς ἐπὶ σοί, ἐν οἷς ἔξεστί σοι εἶναι πλείστου ἀξίῳ;

Ἀλλά σοι οἱ φίλοι ἀβοήθητοι ἔσονται; τί λέγεις τὸ ἀβοήθητοι; οὐχ ἕξουσι παρὰ σοῦ κερμάτιον· οὐδὲ πολίτας Ῥωμαίων αὐτοὺς ποιήσεις. τίς οὖν σοι εἶπεν,

23
Bleib deiner Maxime treu

Wenn es dir einmal passiert, daß du dich der Außenwelt zuwendest, weil du jemanden für dich einnehmen willst, so wisse, daß du deine Lebensmaxime verraten hast. Darum sei damit zufrieden, immer und überall ein Philosoph zu *sein*; willst du überdies als solcher *gelten*[21], so betrachte dich selbst als solchen; das wird dir genügen.

24
Helfen ja, aber nicht um jeden Preis

Gedanken wie die folgenden dürfen dich nicht quälen: »Ohne Ehren werde ich dahinleben und nirgends etwas gelten.« Falls das Ausbleiben von Ehren wirklich ein Unglück ist: du kannst doch durch das Wirken eines andern ebensowenig im Unglück sein wie in Schande. Hängt es etwa von dir ab, ein Staatsamt zu erlangen oder zu einem Festmahl eingeladen zu werden? Gewiß nicht. Wieso kann dies dann noch als »Ausbleiben von Ehren« aufgefaßt werden? Und wie kannst du »nirgends etwas gelten«, da du doch einzig in dem Bereich etwas bedeuten sollst, über den du gebietest, worin du der Bedeutendste sein darfst?
Aber deine Freunde werden so ohne Hilfe bleiben! Was meinst du mit »ohne Hilfe«? Sie werden von dir kein Geld bekommen, und du wirst ihnen auch nicht das römische Bürgerrecht verschaffen können. Wer hat dir

ὅτι ταῦτα τῶν ἐφ' ἡμῖν ἐστίν, οὐχὶ δὲ ἀλλότρια ἔργα; τίς δὲ δοῦναι δύναται ἑτέρῳ, ἃ μὴ ἔχει αὐτός; "κτῆσαι οὖν," φησίν, "ἵνα ἡμεῖς ἔχωμεν." εἰ δύναμαι κτήσασθαι τηρῶν ἐμαυτὸν αἰδήμονα καὶ πιστὸν καὶ μεγαλόφρονα, δείκνυε τὴν ὁδὸν καὶ κτήσομαι. εἰ δ' ἐμὲ ἀξιοῦτε τὰ ἀγαθὰ τὰ ἐμαυτοῦ ἀπολέσαι, ἵνα ὑμεῖς τὰ μὴ ἀγαθὰ περιποιήσησθε, ὁρᾶτε ὑμεῖς, πῶς ἄνισοί ἐστε καὶ ἀγνώμονες.

Τί δὲ καὶ βούλεσθε μᾶλλον; ἀργύριον ἢ φίλον πιστὸν καὶ αἰδήμονα; εἰς τοῦτο οὖν μοι μᾶλλον συλλαμβάνετε καὶ μή, δι' ὧν ἀποβαλῶ αὐτὰ ταῦτα, ἐκεῖνά με πράσσειν ἀξιοῦτε.

"Ἀλλ' ἡ πατρίς, ὅσον ἐπ' ἐμοί," φησίν, "ἀβοήθητος ἔσται." πάλιν, ποίαν καὶ ταύτην βοήθειαν; στοὰς οὐχ ἕξει διὰ σὲ οὔτε βαλανεῖα. καὶ τί τοῦτο; οὐδὲ γὰρ ὑποδήματα ἔχει διὰ τὸν χαλκέα οὐδ' ὅπλα διὰ τὸν σκυτέα· ἱκανὸν δέ, ἐὰν ἕκαστος ἐκπληρώσῃ τὸ ἑαυτοῦ ἔργον. εἰ δὲ ἄλλον τινὰ αὐτῇ κατεσκεύαζες πολίτην πιστὸν καὶ αἰδήμονα, οὐδὲν ἂν αὐτὴν ὠφέλεις; "ναί." οὐκοῦν οὐδὲ σὺ αὐτὸς ἀνωφελὴς ἂν εἴης αὐτῇ. "τίνα οὖν ἕξω," φησί, "χώραν ἐν τῇ πόλει;" ἣν ἂν δύνῃ

denn gesagt, daß dies zu den Dingen gehört, über die wir gebieten, und nicht von andern abhängt? Wer aber kann einem andern geben, was er selbst nicht hat? »Dann verschaff dir Geld«, sagt ein Freund, »damit auch wir etwas davon haben.« Wenn ich es mir verschaffen kann, ohne dabei meine Selbstachtung, meine Verläßlichkeit[22] und mein hochgesinntes Wesen zu verlieren, dann zeige mir den Weg, und ich werde es mir verschaffen. Wenn ihr aber von mir verlangt, daß ich diese meine Güter preisgebe, damit ihr zu Gütern kommt, die gar keine sind, so seht ihr doch selbst ein, wie ungerecht und unvernünftig ihr seid.
Was zieht ihr eigentlich vor? Geld oder einen verläßlichen und seinem Gewissen verpflichteten Freund? Verhelft mir also lieber zu diesen Eigenschaften und verlangt nicht von mir, daß ich etwas tue, wodurch ich sie gerade verlieren muß.
»Aber das Vaterland wird«, so lautet ein Einwurf, »soweit es auf mich ankommt, ohne Hilfe bleiben.« Noch einmal frage ich: »Hilfe welcher Art?« Säulenhallen und Badeanstalten wird es von dir nicht bekommen. Aber was hat das zu besagen? Es bekommt ja auch keine Schuhe vom Schmied und keine Waffen vom Schuster. Es genügt, wenn jeder seine eigene Aufgabe erfüllt.[23] Wenn du ihm einen Mitmenschen zu einem verläßlichen und seinem Gewissen verpflichteten Bürger heranbilden würdest, nütztest du ihm dann nichts? »Doch.« Folglich dürftest auch du ihm nicht unnütz sein. »Welche Stellung«, sagt er, »werde ich also im Staate einnehmen?« Diejenige, die du einnehmen kannst, ohne in dir den Mann der Verläßlichkeit und Selbstachtung aufzugeben. Verlierst du aber, in der Absicht, dem Staat zu helfen,

φυλάττων ἅμα τὸν πιστὸν καὶ αἰδήμονα. εἰ δὲ ἐκείνην ὠφελεῖν βουλόμενος ἀποβαλεῖς ταῦτα, τί ὄφελος ἂν αὐτῇ γένοιο ἀναιδὴς καὶ ἄπιστος ἀποτελεσθείς;

25

Προετιμήθη σού τις ἐν ἑστιάσει ἢ ἐν προσαγορεύσει ἢ ἐν τῷ παραληφθῆναι εἰς συμβουλίαν; εἰ μὲν ἀγαθὰ ταῦτά ἐστι, χαίρειν σε δεῖ, ὅτι ἔτυχεν αὐτῶν ἐκεῖνος· εἰ δὲ κακά, μὴ ἄχθου, ὅτι σὺ αὐτῶν οὐκ ἔτυχες·
Μέμνησο δέ, ὅτι οὐ δύνασαι μὴ ταὐτὰ ποιῶν πρὸς τὸ τυγχάνειν τῶν οὐκ ἐφ' ἡμῖν τῶν ἴσων ἀξιοῦσθαι. πῶς γὰρ ἴσον ἔχειν δύναται ὁ μὴ φοιτῶν ἐπὶ θύρας τινὸς τῷ φοιτῶντι; ὁ μὴ παραπέμπων τῷ παραπέμποντι; ὁ μὴ ἐπαινῶν τῷ ἐπαινοῦντι;
Ἄδικος οὖν ἔσῃ καὶ ἄπληστος, εἰ μὴ προϊέμενος ταῦτα, ἀνθ' ὧν ἐκεῖνα πιπράσκεται, προῖκα αὐτὰ βουλήσῃ λαμβάνειν. ἀλλὰ πόσου πιπράσκονται θρίδακες; ὀβολοῦ, ἂν οὕτω τύχῃ. ἂν οὖν τις προέμενος τὸν ὀβολὸν λάβῃ θρίδακας, σὺ δὲ μὴ προέμενος μὴ λάβῃς, μὴ οἴου ἔλαττον ἔχειν τοῦ λαβόντος. ὡς γὰρ ἐκεῖνος ἔχει θρίδακας, οὕτω σὺ τὸν ὀβολόν, ὃν οὐκ ἔδωκας.
Τὸν αὐτὸν δὴ τρόπον καὶ ἐνταῦθα. οὐ παρεκλήθης ἐφ'

diese Eigenschaften, was kannst du ihm da noch nützen, wenn du schließlich schamlos und unzuverlässig geworden bist?

25

Ehren haben ihren Preis

Es wurde dir jemand bei einem Festmahl oder bei einer morgendlichen Begrüßung[24] oder einer Einladung, Rat zu erteilen, vorgezogen. Wenn dies etwas Gutes ist, dann solltest du dich darüber freuen, daß es jenem zuteil geworden ist. Wenn es aber etwas Schlechtes ist, dann ärgere dich nicht, daß du es nicht bekommen hast.

Bedenke: Wenn du nicht dasselbe tust wie die andern, um das zu erlangen, worüber wir nicht gebieten, kannst du auch nicht auf dasselbe Anspruch erheben. Denn wie kann einer, der nicht ständig vor den Türen eines Großen aufkreuzt, dasselbe erreichen wie einer, der das tut? Entsprechendes gilt für den, der ihn eskortiert und lobt oder der das sein läßt.

Du wirst ungerecht und unersättlich sein, wenn du den üblichen Kaufpreis nicht entrichten und diese Ehren unentgeltlich erhalten willst. Was kostet zum Beispiel der Salat? Sagen wir: einen Obolus[25]. Wenn nun einer den Obolus bezahlt und dafür seinen Salat bekommt, du aber nicht zahlst und nichts bekommst, so glaube nicht, daß du das Nachsehen hast gegenüber dem, der etwas bekommt. Denn wie jener seinen Salat hat, so hast du noch den Obolus, den du nicht ausgegeben hast.

Und genauso ist es auch hier. Du bist nicht zum Fest-

ἑστίασίν τινος; οὐ γὰρ ἔδωκας τῷ καλοῦντι, ὅσου πωλεῖ τὸ δεῖπνον. ἐπαίνου δ' αὐτὸ πωλεῖ, θεραπείας πωλεῖ. δὸς οὖν τὸ διάφορον, εἴ σοι λυσιτελεῖ, ὅσου πωλεῖται. εἰ δὲ κἀκεῖνα θέλεις μὴ προΐεσθαι καὶ ταῦτα λαμβάνειν, ἄπληστος εἶ καὶ ἀβέλτερος. Οὐδὲν οὖν ἔχεις ἀντὶ τοῦ δείπνου; ἔχεις μὲν οὖν τὸ μὴ ἐπαινέσαι τοῦτον, ὃν οὐκ ἤθελες, τὸ μὴ ἀνασχέσθαι αὐτοῦ τῶν ἐπὶ τῆς εἰσόδου.

26

Τὸ βούλημα τῆς φύσεως καταμαθεῖν ἔστιν ἐξ ὧν οὐ διαφερόμεθα πρὸς ἀλλήλους. οἷον, ὅταν ἄλλου παιδάριον κατεάξῃ τὸ ποτήριον, πρόχειρον εὐθὺς λέγειν ὅτι "τῶν γινομένων ἐστίν." ἴσθι οὖν, ὅτι, ὅταν καὶ τὸ σὸν κατεαγῇ, τοιοῦτον εἶναί σε δεῖ, ὁποῖον ὅτε καὶ τὸ τοῦ ἄλλου κατεάγη. οὕτω μετατίθει καὶ ἐπὶ τὰ μείζονα. τέκνον ἄλλου τέθνηκεν ἢ γυνή· οὐδείς ἐστιν ὃς οὐκ ἂν εἴποι ὅτι "ἀνθρώπινον." ἀλλ' ὅταν τὸ αὐτοῦ τινὸς ἀποθάνῃ, εὐθὺς "οἴμοι, τάλας ἐγώ." ἐχρῆν δὲ μεμνῆσθαι, τί πάσχομεν περὶ ἄλλων αὐτὸ ἀκούσαντες.

mahl eingeladen worden? Natürlich nicht; denn du hast dem Gastgeber den Preis nicht bezahlt, um den er sein Mahl verkauft. Um ein Kompliment verkauft er es oder eifrige Gefolgschaft. Bezahle also den Preis, um den er es verkauft, wenn dir das einen Vorteil bringt. Willst du aber nichts bezahlen und doch zu jenen Ehren kommen, dann bist du unersättlich und ein Narr.
Hast du nun nichts anstelle des Mahles? Du hast jetzt die Gewißheit, daß du den nicht gelobt hast, den du nicht loben wolltest, und daß du dir von seinen Türwächtern nichts hast gefallen lassen müssen.

26
Duldsamkeit – auch wenn es dich trifft

Den Willen der Natur kann man aus dem erkennen, worin wir untereinander nicht verschiedener Meinung sind. Wenn zum Beispiel der junge Sklave eines andern den Trinkbecher zerbricht, dann ist man sogleich bereit zu sagen: »So etwas kann passieren.« Wisse nun: Wenn dein eigener Trinkbecher zerbricht, so mußt du die gleiche Einstellung haben wie damals, als der Becher des anderen zerbrach. Übertrage sie nun auch auf wichtigere Dinge. Ein Kind oder die Frau eines andern ist gestorben. Es gibt keinen, der nicht sagen würde: »Das ist nun einmal das Los des Menschen.« Wenn aber jemandem das eigene Kind stirbt, dann klagt er sogleich: »Weh mir, ich Unglücklicher.« Wir sollten uns jedoch erinnern, was wir empfinden, wenn wir hören, daß andere ein solches Unglück getroffen hat.

27

Ὥσπερ σκοπὸς πρὸς τὸ ἀποτυχεῖν οὐ τίθεται, οὕτως οὐδὲ κακοῦ φύσις ἐν κόσμῳ γίνεται.

28

Εἰ μὲν τὸ σῶμά σού τις ἐπέτρεπε τῷ ἀπαντήσαντι, ἠγανάκτεις ἄν· ὅτι δὲ σὺ τὴν γνώμην τὴν σεαυτοῦ ἐπιτρέπεις τῷ τυχόντι, ἵνα, ἐὰν λοιδορήσηταί σοι, ταραχθῇ ἐκείνη καὶ συγχυθῇ, οὐκ αἰσχύνῃ τούτου ἕνεκα;

29

Ἑκάστου ἔργου σκόπει τὰ καθηγούμενα καὶ τὰ ἀκόλουθα αὐτοῦ καὶ οὕτως ἔρχου ἐπ' αὐτό. εἰ δὲ μή, τὴν μὲν πρώτην προθύμως ἥξεις ἅτε μηδὲν τῶν ἑξῆς ἐντεθυμημένος, ὕστερον δὲ ἀναφανέντων δυσχερῶν τινῶν αἰσχρῶς ἀποστήσῃ.
Θέλεις Ὀλύμπια νικῆσαι; κἀγώ, νὴ τοὺς θεούς· κομψὸν γάρ ἐστιν. ἀλλὰ σκόπει τὰ καθηγούμενα καὶ τὰ ἀκόλουθα καὶ οὕτως ἅπτου τοῦ ἔργου. δεῖ σ' εὐτα-

27

Vom Bösen

Wie ein Ziel nicht aufgestellt wird, damit man es verfehle, so wenig entsteht das Böse von Natur aus in der Welt.[26]

28

Liefere dich keinem andern aus

Wenn jemand deinen Körper dem ersten besten, der dir begegnet, ausliefern würde, dann wärest du entrüstet. Daß du aber dein Denken jedem Beliebigen auslieferst, so daß es beunruhigt und verstört wird, wenn er dich beleidigt – dessen schämst du dich nicht?

29

Bedenke die Voraussetzungen und Folgen

Bei allem, was du tust, bedenke die Voraussetzungen und Folgen und geh erst dann ans Werk. Andernfalls wirst du anfangs voll Begeisterung an die Sache herangehen, da du ja keine der möglichen Entwicklungen bedacht hast, später aber, wenn irgendwelche Schwierigkeiten auftauchen, schmählich aufgeben.
Du willst bei den Olympischen Spielen siegen? Ich auch, bei den Göttern, denn das ist eine feine Sache. Aber bedenke die Voraussetzungen und die Folgen und dann erst pack die Sache an. Du mußt dich einer harten

κτεῖν, ἀναγκοτροφεῖν, ἀπέχεσθαι πεμμάτων, γυμνάζεσθαι πρὸς ἀνάγκην, ἐν ὥρᾳ τεταγμένῃ, ἐν καύματι, ἐν ψύχει, μὴ ψυχρὸν πίνειν, μὴ οἶνον, ὡς ἔτυχεν, ἁπλῶς ὡς ἰατρῷ παραδεδωκέναι σεαυτὸν τῷ ἐπιστάτῃ, εἶτα ἐν τῷ ἀγῶνι παρορύσσεσθαι, ἔστι δὲ ὅτε χεῖρα ἐκβαλεῖν, σφυρὸν στρέψαι, πολλὴν ἁφὴν καταπιεῖν, ἔσθ' ὅτε μαστιγωθῆναι, καὶ μετὰ τούτων πάντων νικηθῆναι.

Ταῦτα ἐπισκεψάμενος, ἂν ἔτι θέλῃς, ἔρχου ἐπὶ τὸ ἀθλεῖν. εἰ δὲ μή, ὡς τὰ παιδία ἀναστραφήσῃ, ἃ νῦν μὲν παλαιστὰς παίζει, νῦν δὲ μονομάχους, νῦν δὲ σαλπίζει, εἶτα τραγῳδεῖ· οὕτω καὶ σὺ νῦν μὲν ἀθλητής, νῦν δὲ μονομάχος, εἶτα ῥήτωρ, εἶτα φιλόσοφος, ὅλῃ δὲ τῇ ψυχῇ οὐδέν· ἀλλ' ὡς πίθηκος πᾶσαν θέαν, ἣν ἂν ἴδῃς, μιμῇ καὶ ἄλλο ἐξ ἄλλου σοι ἀρέσκει. οὐ γὰρ μετὰ σκέψεως ἦλθες ἐπί τι οὐδὲ περιοδεύσας, ἀλλ' εἰκῇ καὶ κατὰ ψυχρὰν ἐπιθυμίαν.

Οὕτω θεασάμενοί τινες φιλόσοφον καὶ ἀκούσαντες οὕτω τινὸς λέγοντος, ὡς Εὐφράτης λέγει (καίτοι τίς οὕτω δύναται εἰπεῖν, ὡς ἐκεῖνος;), θέλουσι καὶ αὐτοὶ φιλοσοφεῖν. ἄνθρωπε, πρῶτον ἐπίσκεψαι, ὁποῖόν ἐστι τὸ πρᾶγμα· εἶτα καὶ τὴν σεαυτοῦ φύσιν κατάμαθε, εἰ δύνασαι βαστάσαι. πένταθλος εἶναι βούλει ἢ παλαιστής; ἴδε σεαυτοῦ τοὺς βραχίονας, τοὺς μηρούς, τὴν ὀσφὺν κατάμαθε. ἄλλος γὰρ πρὸς ἄλλο πέφυκε.

Disziplin unterwerfen, eine strenge Diät befolgen, mußt auf Süßigkeiten verzichten, auf Kommando trainieren – zu festgesetzter Zeit, bei Hitze und Kälte; dann darfst du kein kaltes Wasser trinken, keinen Wein, wenn du Lust dazu hast, kurz: du mußt dich deinem Trainer wie einem Arzt ausliefern. Dann, beim Wettkampf, mußt du dich im Sand wälzen[27], kannst dir den Arm ausrenken, den Knöchel verstauchen, eine Menge Staub schlucken, manchmal auch Hiebe bekommen – und mußt trotz allem vielleicht eine Niederlage einstecken.
Dies alles erwäge, und hast du dann noch Lust, dann geh zum Wettkampf. Andernfalls wirst du dich wie die Kinder benehmen, die bald Ringkampf, bald Gladiatorenkampf spielen, jetzt Trompete blasen, dann Theater spielen. So bist auch du heute ein Wettkämpfer, morgen ein Gladiator, dann wieder Redner und dann Philosoph, aber nichts mit ganzer Seele. Nein, wie ein Affe machst du alles nach, was du siehst, und bald gefällt dir dieses, bald jenes. Denn du gehst eben an eine Aufgabe heran, ohne sie dir vorher überlegt und von allen Seiten in Augenschein genommen zu haben; dich treibt nur der blinde Zufall und ein frostiges Verlangen.
So haben zum Beispiel manche einen Philosophen gesehen und jemanden reden hören, wie Euphrates redet[28] – freilich, wer kann so reden wie er? –, und nun wollen sie selbst Philosophen sein. Mensch, überleg dir doch zuerst, worum es sich eigentlich handelt. Dann prüfe die Ausstattung deiner Natur, ob du der Sache auch gewachsen bist. Du willst Fünfkämpfer oder Ringer sein? Sieh dir deine Arme, deine Schenkel an, prüfe deine Hüften. Denn der eine ist für dieses, der andere für jenes geschaffen.

Δοκεῖς, ὅτι ταῦτα ποιῶν ὡσαύτως δύνασαι ἐσθίειν, ὡσαύτως πίνειν, ὁμοίως ὀρέγεσθαι, ὁμοίως δυσαρεστεῖν; ἀγρυπνῆσαι δεῖ, πονῆσαι, ἀπὸ τῶν οἰκείων ἀπελθεῖν, ὑπὸ παιδαρίου καταφρονηθῆναι, ὑπὸ τῶν ἀπαντώντων καταγελασθῆναι, ἐν παντὶ ἧττον ἔχειν, ἐν τιμῇ, ἐν ἀρχῇ, ἐν δίκῃ, ἐν πραγματίῳ παντί. ταῦτα ἐπίσκεψαι, εἰ θέλεις ἀντικαταλλάξασθαι τούτων ἀπάθειαν, ἐλευθερίαν, ἀταραξίαν·
Εἰ δὲ μή, μὴ προσάγαγε, μὴ ὡς τὰ παιδία νῦν φιλόσοφος, ὕστερον δὲ τελώνης, εἶτα ῥήτωρ, εἶτα ἐπίτροπος Καίσαρος. ταῦτα οὐ συμφωνεῖ. ἕνα σε δεῖ ἄνθρωπον ἢ ἀγαθὸν ἢ κακὸν εἶναι·
Ἢ τὸ ἡγεμονικόν σε δεῖ ἐξεργάζεσθαι τὸ σαυτοῦ ἢ τὰ ἐκτός· ἢ περὶ τὰ ἔσω φιλοτεχνεῖν ἢ περὶ τὰ ἔξω· τοῦτ' ἔστιν ἢ φιλοσόφου τάξιν ἐπέχειν ἢ ἰδιώτου.

30

Τὰ καθήκοντα ὡς ἐπίπαν ταῖς σχέσεσι παραμετρεῖται. πατήρ ἐστιν· ὑπαγορεύεται ἐπιμελεῖσθαι, παραχωρεῖν ἁπάντων, ἀνέχεσθαι λοιδοροῦντος, παίοντος. "ἀλλὰ πατὴρ κακός ἐστι." μή τι οὖν πρὸς ἀγαθὸν πατέρα φύσει ᾠκειώθης; ἀλλὰ πρὸς

Glaubst du, daß du als Philosoph wie bisher essen und trinken und unverändert deiner Lust und Unlust frönen kannst? Du mußt auf Schlaf verzichten, hart arbeiten, deine Angehörigen verlassen, von einem armseligen Sklaven dich verachten und von jedem, der daherkommt, verspotten lassen, bei allem den kürzeren ziehen, bei Ehren und Ämtern, vor Gericht und bei jedem noch so belanglosen Geschäft. Überleg dir gut, ob du um diesen Preis Gleichmut, Freiheit und innere Ruhe gewinnen willst.

Willst du das nicht, so laß dich nicht auf die Philosophie ein, damit du es nicht wie die Kinder machst: Heute Philosoph, morgen Zollpächter, dann Redner, dann kaiserlicher Prokurator. Das paßt nicht zusammen. Du mußt *ein* Mensch sein, ein guter oder ein schlechter.

Du mußt entweder das leitende Prinzip[29] in dir zur Vollendung bringen oder die äußeren Dinge, kunstvoll an der Innen- oder Außenwelt arbeiten, das heißt: entweder die Stelle eines Philosophen oder eines Durchschnittsmenschen einnehmen.

30

Tu immer deine Pflicht

Unsere Pflichten bemessen sich im allgemeinen nach unseren sozialen Beziehungen. Da ist ein Vater: es ist einem auferlegt, sich um ihn zu kümmern, ihm in allem den Vortritt zu lassen, es zu ertragen, wenn er schimpft und einen schlägt. »Aber er ist ein schlechter Vater.« Hat dich die Natur etwa mit einem *guten* Vater in Beziehung

πατέρα. "ὁ ἀδελφὸς ἀδικεῖ." τήρει τοιγαροῦν τὴν τάξιν τὴν σεαυτοῦ πρὸς αὐτόν· μηδὲ σκόπει, τί ἐκεῖνος ποιεῖ, ἀλλὰ τί σοὶ ποιήσαντι κατὰ φύσιν ἡ σὴ ἕξει προαίρεσις. σὲ γὰρ ἄλλος οὐ βλάψει, ἂν μὴ σὺ θέλῃς· τότε δὲ ἔσῃ βεβλαμμένος, ὅταν ὑπολάβῃς βλάπτεσθαι.
Οὕτως οὖν ἀπὸ τοῦ γείτονος, ἀπὸ τοῦ πολίτου, ἀπὸ τοῦ στρατηγοῦ τὸ καθῆκον εὑρήσεις, ἐὰν τὰς σχέσεις ἐθίζῃ θεωρεῖν.

31

Τῆς περὶ τοὺς θεοὺς εὐσεβείας ἴσθι ὅτι τὸ κυριώτατον ἐκεῖνό ἐστιν, ὀρθὰς ὑπολήψεις περὶ αὐτῶν ἔχειν ὡς ὄντων καὶ διοικούντων τὰ ὅλα καλῶς καὶ δικαίως, καὶ σαυτὸν εἰς τοῦτο κατατεταχέναι, τὸ πείθεσθαι αὐτοῖς καὶ εἴκειν πᾶσι τοῖς γινομένοις καὶ ἀκολουθεῖν ἑκόντα ὡς ὑπὸ τῆς ἀρίστης γνώμης ἐπιτελουμένοις. οὕτω γὰρ οὐ μέμψῃ ποτὲ τοὺς θεοὺς οὔτε ἐγκαλέσεις ὡς ἀμελούμενος.
Ἄλλως δὲ οὐχ οἷόν τε τοῦτο γίνεσθαι, ἐὰν μὴ ἄρῃς ἀπὸ τῶν οὐκ ἐφ' ἡμῖν καὶ ἐν τοῖς ἐφ' ἡμῖν μόνοις θῇς τὸ ἀγαθὸν καὶ τὸ κακόν. ὡς, ἄν γέ τι ἐκείνων ὑπολά-

gebracht?[30] Nein, nur mit einem Vater. »Mein Bruder tut mir unrecht.« Gut, aber halte an deiner Einstellung ihm gegenüber fest; gib nicht darauf acht, was er tut, sondern was du tun mußt, wenn deine sittlichen Grundsätze mit der Natur übereinstimmen sollen. Denn kein anderer wird dir schaden, wenn du es nicht willst. Dann aber wirst du geschädigt sein, wenn du annimmst, daß du geschädigt wirst.

So wirst du auch die Pflichten deines Nachbarn, deines Mitbürgers und deines Feldherrn dir gegenüber erkennen, wenn du dich daran gewöhnst, deine sozialen Beziehungen zu ihnen richtig zu sehen.

31
Frömmigkeit

Was die Frömmigkeit gegenüber den Göttern betrifft, so wisse, daß es hauptsächlich darauf ankommt, richtige Vorstellungen über sie zu haben: daß sie existieren und das Weltall gut und gerecht regieren und daß du die Bereitschaft haben mußt, ihnen zu gehorchen und dich allem, was geschieht, zu fügen und freiwillig zu folgen, in der Überzeugung, daß es von der vollkommensten Einsicht zum Ziel geführt wird. Dann wirst du die Götter nämlich niemals tadeln und ihnen vorwerfen, sie kümmerten sich nicht um dich.

Das ist aber nur dann zu erreichen, wenn du die Begriffe Gut und Böse von allem trennst, worüber wir nicht gebieten, und sie lediglich in dem Bereich gelten läßt, über den wir gebieten. Denn wenn du etwas von jenem

βης ἀγαθὸν ἢ κακόν, πᾶσα ἀνάγκη, ὅταν ἀποτυγχάνης ὧν θέλεις καὶ περιπίπτης οἷς μὴ θέλεις, μέμψασθαί σε καὶ μισεῖν τοὺς αἰτίους. πέφυκε γὰρ πρὸς τοῦτο πᾶν ζῷον τὰ μὲν βλαβερὰ φαινόμενα καὶ τὰ αἴτια αὐτῶν φεύγειν καὶ ἐκτρέπεσθαι, τὰ δὲ ὠφέλιμα καὶ τὰ αἴτια αὐτῶν μετιέναι τε καὶ τεθηπέναι.

Ἀμήχανον οὖν βλάπτεσθαί τινα οἰόμενον χαίρειν τῷ δοκοῦντι βλάπτειν, ὥσπερ καὶ τὸ αὐτῇ τῇ βλάβῃ χαίρειν ἀδύνατον.

Ἔνθεν καὶ πατὴρ ὑπὸ υἱοῦ λοιδορεῖται, ὅταν τῶν δοκούντων ἀγαθῶν εἶναι τῷ παιδὶ μὴ μεταδιδῷ· καὶ Πολυνείκην καὶ Ἐτεοκλέα τοῦτ' ἐποίησε πολεμίους ἀλλήλοις τὸ ἀγαθὸν οἴεσθαι τὴν τυραννίδα. διὰ τοῦτο καὶ ὁ γεωργὸς λοιδορεῖ τοὺς θεούς, διὰ τοῦτο ὁ ναύτης, διὰ τοῦτο ὁ ἔμπορος, διὰ τοῦτο οἱ τὰς γυναῖκας καὶ τὰ τέκνα ἀπολλύντες. ὅπου γὰρ τὸ συμφέρον, ἐκεῖ καὶ τὸ εὐσεβές.

Ὥστε, ὅστις ἐπιμελεῖται τοῦ ὀρέγεσθαι ὡς δεῖ καὶ ἐκκλίνειν, ἐν τῷ αὐτῷ καὶ εὐσεβείας ἐπιμελεῖται. σπένδειν δὲ καὶ θύειν καὶ ἀπάρχεσθαι κατὰ τὰ πάτρια ἑκάστοτε προσήκει καθαρῶς καὶ μὴ ἐπισεσυρμένως μηδὲ ἀμελῶς μηδέ γε γλίσχρως μηδὲ ὑπὲρ δύναμιν.

für gut oder böse hältst, so wirst du zwangsläufig die Verursacher tadeln und hassen, sobald du verfehlst, was du erstrebst oder dem anheimfällst, was du nicht wünschst. Denn es liegt in der Natur eines jeden Lebewesens, das, was ihm schädlich erscheint und was den Schaden verursacht, zu fliehen und sich von ihm abzuwenden, dem Nützlichen und seinen Ursachen aber nachzugehen und es zu bewundern.

Es ist also unvorstellbar, daß einer, der sich geschädigt glaubt, über den, der ihn seiner Meinung nach schädigt, freut, wie es ja auch unmöglich ist, daß man sich über den Schaden selbst freut.

Daher wird auch ein Vater von seinem Sohn beschimpft, wenn er sein Kind nicht teilhaben läßt an den Dingen, die dieses für gut hält; und so machte auch Polyneikes und Eteokles[31] die Vorstellung, die Alleinherrschaft sei ein Gut, zu gegenseitigen Feinden. Deshalb beschimpfen auch der Bauer, der Seemann und der Kaufmann die Götter, und dasselbe tun diejenigen, die ihre Frauen und Kinder verlieren. Denn wo Nutzen ist, da ist auch Frömmigkeit.

Wer sich daher bemüht, zu begehren und zu meiden, wie es sich gehört, der bemüht sich zugleich auch um Frömmigkeit. Aber Trank- und Rauchopfer und die Erstlingsgaben nach Vätersitte darzubringen, ist stete Pflicht – mit reinem Herzen, nicht zerstreut, nicht nachlässig, nicht knausrig, aber auch nicht über unsere Mittel hinaus.

32

Ὅταν μαντικῇ προσίῃς, μέμνησο, ὅτι, τί μὲν ἀποβήσεται, οὐκ οἶδας, ἀλλὰ ἥκεις ὡς παρὰ τοῦ μάντεως αὐτὸ πευσόμενος, ὁποῖον δέ τι ἐστίν, ἐλήλυθας εἰδώς, εἴπερ εἶ φιλόσοφος. εἰ γάρ ἐστί τι τῶν οὐκ ἐφ' ἡμῖν, πᾶσα ἀνάγκη μήτε ἀγαθὸν αὐτὸ εἶναι μήτε κακόν. μὴ φέρε οὖν πρὸς τὸν μάντιν ὄρεξιν ἢ ἔκκλισιν μηδὲ τρέμων αὐτῷ πρόσει, ἀλλὰ διεγνωκώς, ὅτι πᾶν τὸ ἀποβησόμενον ἀδιάφορον καὶ οὐδὲν πρὸς σέ, ὁποῖον δ' ἂν ᾖ, ἔσται αὐτῷ χρήσασθαι καλῶς καὶ τοῦτο οὐδεὶς κωλύσει.

Θαρρῶν οὖν ὡς ἐπὶ συμβούλους ἔρχου τοὺς θεούς· καὶ λοιπόν, ὅταν τί σοι συμβουλευθῇ, μέμνησο τίνας συμβούλους παρέλαβες καὶ τίνων παρακούσεις ἀπειθήσας. ἔρχου δὲ ἐπὶ τὸ μαντεύεσθαι, καθάπερ ἠξίου Σωκράτης, ἐφ' ὧν ἡ πᾶσα σκέψις τὴν ἀναφορὰν εἰς τὴν ἔκβασιν ἔχει καὶ οὔτε ἐκ λόγου οὔτε ἐκ τέχνης τινὸς ἄλλης ἀφορμαὶ δίδονται πρὸς τὸ συνιδεῖν τὸ προκείμενον·

Ὥστε, ὅταν δεήσῃ συγκινδυνεῦσαι φίλῳ ἢ πατρίδι, μὴ μαντεύεσθαι, εἰ συγκινδυνευτέον. καὶ γὰρ ἂν προείπῃ σοι ὁ μάντις φαῦλα γεγονέναι τὰ ἱερά, δῆλον ὅτι θάνατος σημαίνεται ἢ πήρωσις μέρους τινὸς τοῦ σώματος ἢ φυγή· ἀλλ' αἱρεῖ ὁ λόγος καὶ σὺν τούτοις

32
Mißbrauche das Orakel nicht

Wenn du zur Wahrsagekunst[32] Zuflucht nimmst, so bedenke: wie es ausgehen wird, weißt du nicht, sondern du bist gekommen, um es vom Wahrsager zu erfahren; von welcher Art aber der Ausgang ist, das wußtest du schon, als du hingingst – wenn du wirklich ein Philosoph bist. Denn wenn er zu den Dingen gehört, über die wir nicht gebieten, dann ist er zwangsläufig weder etwas Gutes noch etwas Schlechtes. Trag also dem Wahrsager weder Wünsche dafür noch dagegen vor und nähere dich ihm auch nicht mit Zittern und Zagen, sondern in der Überzeugung, daß jeder Ausgang gleichgültig[33] ist und dich nichts angeht; was es auch sei, du kannst davon einen guten Gebrauch machen, und daran wird dich keiner hindern.

Mutig wende dich also an die Götter, sind sie doch deine Ratgeber; und dann, wenn dir ein Rat erteilt wird, denk daran, wen du als Ratgeber genommen hast und wen du durch deinen Ungehorsam mißachten wirst. Wende dich aber nach der Weisung des Sokrates nur in solchen Fällen an das Orakel, bei denen sich die ganze Befragung auf den Ausgang bezieht und wo weder durch Nachdenken noch irgendeine andere Technik sich Anhaltspunkte zur Klärung des vorliegenden Falles einstellen.

Wenn es also gilt, mit einem Freund oder dem Vaterland eine Gefahr zu bestehen, befrage nicht erst das Orakel, ob du es tun sollst. Denn wenn dir der Wahrsager verkündet, die Opferzeichen seien schlecht ausgefallen, so zeigt das offenbar Tod, Verstümmelung eines Körperteils oder Verbannung an; die Vernunft jedoch gebietet,

παρίστασθαι τῷ φίλῳ καὶ τῇ πατρίδι συγκινδυνεύειν.
Τοιγαροῦν τῷ μείζονι μάντει πρόσεχε, τῷ Πυθίῳ, ὃς ἐξέβαλε τοῦ ναοῦ τὸν οὐ βοηθήσαντα ἀναιρουμένῳ τῷ φίλῳ.

33

Τάξον τινὰ ἤδη χαρακτῆρα σαυτῷ καὶ τύπον, ὃν φυλάξεις ἐπί τε σεαυτοῦ ὢν καὶ ἀνθρώποις ἐντυγχάνων.
Καὶ σιωπὴ τὸ πολὺ ἔστω ἢ λαλείσθω τὰ ἀναγκαῖα καὶ δι' ὀλίγων. σπανίως δέ ποτε καιροῦ παρακαλοῦντος ἐπὶ τὸ λέγειν λέξον μέν, ἀλλὰ περὶ οὐδενὸς τῶν τυχόντων· μὴ περὶ μονομαχιῶν, μὴ περὶ ἱπποδρομιῶν, μὴ περὶ ἀθλητῶν, μὴ περὶ βρωμάτων ἢ πομάτων, τῶν ἑκασταχοῦ, μάλιστα δὲ μὴ περὶ ἀνθρώπων ψέγων ἢ ἐπαινῶν ἢ συγκρίνων. ἂν μὲν οὖν οἷός τε ᾖς, μετάγαγε τοῖς σοῖς λόγοις καὶ τοὺς τῶν συνόντων ἐπὶ τὸ προσῆκον. εἰ δὲ ἐν ἀλλοφύλοις ἀποληφθεὶς τύχοις, σιώπα.
Γέλως μὴ πολὺς ἔστω μηδὲ ἐπὶ πολλοῖς μηδὲ ἀνειμένος.
Ὅρκον παραίτησαι, εἰ μὲν οἷόν τε, εἰς ἅπαν, εἰ δὲ μή, ἐκ τῶν ἐνόντων.
Ἑστιάσεις τὰς ἔξω καὶ ἰδιωτικὰς διακρούου· ἐὰν δέ

trotz dieser bedrohlichen Aussichten dem Freund zu helfen und mit dem Vaterland die Gefahr zu bestehen. Halte dir also den größeren Wahrsager vor Augen, den pythischen Apollon[34], der den Mann aus dem Tempel jagte, der seinem Freund in Todesnot nicht zu Hilfe geeilt war.[35]

33
Wichtige Lebensregeln

Setz für dich gleich jetzt ein festes Gepräge und Muster fest, an dem du festhalten willst, ob du mit dir allein bist oder dich mit andern Leuten triffst.

Für gewöhnlich herrsche Schweigen, oder es werde nur das Notwendige gesprochen und das mit wenigen Worten. Selten aber und nur, wenn besondere Umstände dich zum Reden auffordern, rede, doch nicht über die landläufigen Themen, nicht über Gladiatorenkämpfe, Pferderennen oder Athleten, nicht über Speisen und Getränke, alles hundertmal besprochen; vor allem sprich nicht über andere Leute, weder tadelnd, noch lobend oder sie vergleichend. Wenn es dir möglich ist, so lenke durch dein Gespräch auch das der übrigen Teilnehmer auf einen schicklichen Gegenstand. Findest du dich aber isoliert unter Fremden, dann schweige.

Lache nicht viel, nicht über vieles und nicht hemmungslos.

Verbitte dir das Schwören unter allen Umständen, wenn das geht, sonst aber nach Möglichkeit.

Einladungen zu Gastmählern bei dir Wesensfremden und

ποτε γίνηται καιρός, ἐντετάσθω σοι ἡ προσοχή, μήποτε ἄρα ὑπορρυῇς εἰς ἰδιωτισμόν. ἴσθι γάρ, ὅτι, ἐὰν ὁ ἑταῖρος ᾖ μεμολυσμένος, καὶ τὸν συνανατριβόμενον αὐτῷ συμμολύνεσθαι ἀνάγκη, κἂν αὐτὸς ὢν τύχῃ καθαρός.

Τὰ περὶ τὸ σῶμα μέχρι τῆς χρείας ψιλῆς παραλάμβανε, οἷον τροφάς, πόμα, ἀμπεχόνην, οἰκίαν, οἰκετίαν· τὸ δὲ πρὸς δόξαν ἢ τρυφὴν ἅπαν περίγραφε.

Περὶ ἀφροδίσια εἰς δύναμιν πρὸ γάμου καθαρευτέον· ἁπτομένῳ δὲ ὧν νομιμόν ἐστι μεταληπτέον. μὴ μέντοι ἐπαχθὴς γίνου τοῖς χρωμένοις μηδὲ ἐλεγκτικός· μηδὲ πολλαχοῦ τὸ ὅτι αὐτὸς οὐ χρῇ, παράφερε.

Ἐάν τίς σοι ἀπαγγείλῃ ὅτι ὁ δεῖνά σε κακῶς λέγει, μὴ ἀπολογοῦ πρὸς τὰ λεχθέντα, ἀλλ' ἀποκρίνου διότι "ἠγνόει γὰρ τὰ ἄλλα τὰ προσόντα μοι κακά, ἐπεὶ οὐκ ἂν ταῦτα μόνα ἔλεγεν."

Εἰς τὰ θέατρα τὸ πολὺ παριέναι οὐκ ἀναγκαῖον. εἰ δέ ποτε καιρὸς εἴη, μηδενὶ σπουδάζων φαίνου ἢ σεαυτῷ, τοῦτ' ἔστι θέλε γίνεσθαι μόνα τὰ γινόμενα καὶ νικᾶν μόνον τὸν νικῶντα· οὕτω γὰρ οὐκ ἐμποδισθήσῃ.

Βοῆς δὲ καὶ τοῦ ἐπιγελᾶν τινὶ ἢ ἐπὶ πολὺ συγκινεῖσθαι παντελῶς ἀπέχου. καὶ μετὰ τὸ ἀπαλλαγῆναι μὴ πολλὰ περὶ τῶν γεγενημένων διαλέγου, ὅσα μὴ φέρει

in Philosophie Ahnungslosen schlage aus. Ist deine Teilnahme aber einmal unvermeidlich, so gib angestrengt darauf acht, daß du nicht ihre Unbildung annimmst. Denn merke dir: Wenn der Freund ein Schmutzfink ist, so wird sich auch der, der mit ihm engen Kontakt hat, unweigerlich beschmutzen, auch wenn er selbst vielleicht sauber ist.

Was den Körper betrifft, ob es sich um Essen, Trinken, Kleidung, Wohnung und Bedienung handelt, so befriedige nur das nackte Bedürfnis; was nur auf äußeren Glanz und Luxus abzielt, das klammere völlig aus.

Verzichte vor der Ehe möglichst auf geschlechtliche Beziehungen; wenn du dich aber darauf einläßt, so tue es im Rahmen des gesetzlich Erlaubten. Denen, die sich sexuell betätigen, falle jedoch nicht mit Vorwürfen zur Last. Erwähne auch nicht überall deine Enthaltsamkeit.

Wenn dir jemand berichtet, der oder jener sage Schlechtes über dich, so rechtfertige dich nicht, sondern antworte: »Nun, er kannte wohl meine andern Fehler nicht, die mir anhaften; denn sonst würde er nicht diese allein anführen.«

Es ist nicht nötig, häufig zu den öffentlichen Spielen[36] zu gehen. Kommt es aber doch einmal dazu, dann zeige dich auf nichts besonders konzentriert außer auf dich selbst, das heißt, habe nur den Wunsch, daß alles sich so abspielt, wie es sich abspielt, und daß allein der siege, welcher siegt; so nämlich wirst du nicht dein seelisches Gleichgewicht verlieren.[37]

Zurufe, beifälliges Gelächter und starke Gemütsbewegungen vermeide ganz. Und nachdem du die Arena verlassen hast, unterhalte dich nicht wortreich über die

πρὸς τὴν σὴν ἐπανόρθωσιν· ἐμφαίνεται γὰρ ἐκ τοῦ τοιούτου, ὅτι ἐθαύμασας τὴν θέαν.
Εἰς ἀκροάσεις τινῶν μὴ εἰκῆ μηδὲ ῥᾳδίως πάριθι· παριὼν δὲ τὸ σεμνὸν καὶ τὸ εὐσταθὲς καὶ ἅμα ἀνεπαχθὲς φύλασσε.
Ὅταν τινὶ μέλλῃς συμβαλεῖν, μάλιστα τῶν ἐν ὑπεροχῇ δοκούντων, πρόβαλε σαυτῷ, τί ἂν ἐποίησεν ἐν τούτῳ Σωκράτης ἢ Ζήνων, καὶ οὐκ ἀπορήσεις τοῦ χρήσασθαι προσηκόντως τῷ ἐμπεσόντι.
Ὅταν φοιτᾷς πρός τινα τῶν μέγα δυναμένων, πρόβαλε, ὅτι οὐχ εὑρήσεις αὐτὸν ἔνδον, ὅτι ἀποκλεισθήσῃ, ὅτι ἐντιναχθήσονταί σοι αἱ θύραι, ὅτι οὐ φροντιεῖ σου. κἂν σὺν τούτοις ἐλθεῖν καθήκῃ, ἐλθὼν φέρε τὰ γινόμενα καὶ μηδέποτε εἴπῃς αὐτὸς πρὸς ἑαυτὸν ὅτι "οὐκ ἦν τοσούτου"· ἰδιωτικὸν γὰρ καὶ διαβεβλημένον πρὸς τὰ ἐκτός.
Ἐν ταῖς ὁμιλίαις ἀπέστω τὸ ἑαυτοῦ τινῶν ἔργων ἢ κινδύνων ἐπὶ πολὺ καὶ ἀμέτρως μεμνῆσθαι. οὐ γάρ, ὡς σοὶ ἡδύ ἐστι τὸ τῶν σῶν κινδύνων μεμνῆσθαι, οὕτω καὶ τοῖς ἄλλοις ἡδύ ἐστι τὸ τῶν σοὶ συμβεβηκότων ἀκούειν. ἀπέστω δὲ καὶ τὸ γέλωτα κινεῖν· ὀλισθηρὸς γὰρ ὁ τρόπος εἰς ἰδιωτισμὸν καὶ ἅμα ἱκανὸς τὴν αἰδῶ τὴν πρὸς σὲ τῶν πλησίον ἀνιέναι.
Ἐπισφαλὲς δὲ καὶ τὸ εἰς αἰσχρολογίαν προελθεῖν.

Vorführung, es sei denn, du würdest davon innerlich bereichert. Denn sonst tritt klar zutage, daß das Schauspiel deine Bewunderung erregt hat.
Zu öffentlichen Autorenlesungen[38] geh nicht wahllos und unüberlegt. Gehst du aber hin, so bewahre deine Würde und Ausgeglichenheit[39], ohne die andern vor den Kopf zu stoßen.
Wenn du die Absicht hast, jemanden zu treffen, vor allem, wenn es sich um eine angesehene, hochgestellte Persönlichkeit handelt, dann stell dir vor, was in dieser Situation Sokrates oder Zenon[40] getan hätten, und du wirst nicht verlegen sein, wie du der Herausforderung angemessen begegnest.
Wenn du einen sehr einflußreichen Mann besuchst, so stell dir vor: du wirst ihn nicht zu Hause antreffen, man wird dich nicht vorlassen, man wird dir die Tür vor der Nase zuschlagen oder er wird dich gar nicht beachten. Und wenn du trotz allem hingehen mußt, dann geh und ertrage, was kommt, und sage nie zu dir selbst: »Das hat sich nicht gelohnt!« Denn das wäre unphilosophisch und verriete ein gestörtes Verhältnis zu den äußeren Dingen[41].
In Gesellschaft vermeide es, weitschweifig und maßlos von deinen eigenen Leistungen und Abenteuern zu reden. Denn wenn es dir auch Spaß bereitet, von deinen Abenteuern zu erzählen, so braucht es den andern noch lange nicht denselben Spaß zu bereiten, deine Erlebnisse anzuhören. Vermeide es auch, Gelächter zu erregen. Denn diese Neigung entartet leicht zur Stillosigkeit und ist geeignet, die Achtung deiner Mitmenschen vor dir zu schmälern.
Gefährlich ist es auch, sich zotigen Reden auszusetzen.

ὅταν οὖν τι συμβῇ τοιοῦτον, ἂν μὲν εὔκαιρον ᾖ, καὶ ἐπίπληξον τῷ προελθόντι· εἰ δὲ μή, τῷ γε ἀποσιωπῆσαι καὶ ἐρυθριᾶσαι καὶ σκυθρωπάσαι δῆλος γίνου δυσχεραίνων τῷ λόγῳ.

34

Ὅταν ἡδονῆς τινὸς φαντασίαν λάβῃς, καθάπερ ἐπὶ τῶν ἄλλων, φύλασσε σαυτόν, μὴ συναρπασθῇς ὑπ' αὐτῆς· ἀλλ' ἐκδεξάσθω σε τὸ πρᾶγμα, καὶ ἀναβολήν τινα παρὰ σεαυτοῦ λάβε. ἔπειτα μνήσθητι ἀμφοτέρων τῶν χρόνων, καθ' ὅν τε ἀπολαύσεις τῆς ἡδονῆς, καὶ καθ' ὃν ἀπολαύσας ὕστερον μετανοήσεις καὶ αὐτὸς σεαυτῷ λοιδορήσῃ· καὶ τούτοις ἀντίθες ὅπως ἀποσχόμενος χαιρήσεις καὶ ἐπαινέσεις αὐτὸς σεαυτόν. Ἐὰν δέ σοι καιρὸς φανῇ ἅψασθαι τοῦ ἔργου, πρόσεχε, μὴ ἡττήσῃ σε τὸ προσηνὲς αὐτοῦ καὶ ἡδὺ καὶ ἐπαγωγόν· ἀλλ' ἀντιτίθει, πόσῳ ἄμεινον τὸ συνειδέναι σεαυτῷ ταύτην τὴν νίκην νενικηκότι.

Wenn nun etwas Derartiges geschieht, dann rede demjenigen, der so weit gegangen ist, ins Gewissen, falls sich eine passende Gelegenheit bietet; ist dies nicht möglich, so zeige wenigstens durch dein Schweigen, dein Erröten und deine finstere Miene, daß du die Worte mißbilligst.

34
Die Herausforderung sinnlicher Lust

Hat dich die Vorstellung einer sinnlichen Lust erfaßt, dann hüte dich wie bei allen andern Vorstellungen, daß du von ihr nicht hingerissen wirst. Laß vielmehr die Sache auf dich warten und ring dir eine gewisse Atempause ab. Dann denke an die beiden Augenblicke: an den, da du die Lust genießen, und an den, da du nach dem Genuß später alles bereuen und dir selber Vorwürfe machen wirst. Und dem stelle gegenüber, wie du dich freuen und selber beglückwünschen wirst, wenn du Enthaltsamkeit geübt hast.

Bietet sich dir aber eine günstige Gelegenheit zum Genuß, so paß auf, daß dich nicht das Einlullende, das Reizende und Verführerische daran überwältigt, sondern halte dir zum Vergleich vor Augen, wieviel schöner das Bewußtsein eines solchen Sieges für dich ist.

35

Ὅταν τι διαγνούς, ὅτι ποιητέον ἐστί, ποιῇς, μηδέποτε φύγῃς ὀφθῆναι πράσσων αὐτό, κἂν ἀλλοῖόν τι μέλλωσιν οἱ πολλοὶ περὶ αὐτοῦ ὑπολαμβάνειν. εἰ μὲν γὰρ οὐκ ὀρθῶς ποιεῖς, αὐτὸ τὸ ἔργον φεῦγε· εἰ δὲ ὀρθῶς, τί φοβῇ τοὺς ἐπιπλήξοντας οὐκ ὀρθῶς;

36

Ὡς τὸ "ἡμέρα ἐστί" καὶ "νύξ ἐστι" πρὸς μὲν τὸ διεζευγμένον μεγάλην ἔχει ἀξίαν, πρὸς δὲ τὸ συμπεπλεγμένον ἀπαξίαν, οὕτω καὶ τὸ τὴν μείζω μερίδα ἐκλέξασθαι πρὸς μὲν τὸ σῶμα ἐχέτω ἀξίαν, πρὸς δὲ τὸ τὸ κοινωνικὸν ἐν ἑστιάσει, οἷον δεῖ, φυλάξαι, ἀπαξίαν ἔχει. ὅταν οὖν συνεσθίῃς ἑτέρῳ, μέμνησο, μὴ μόνον τὴν πρὸς τὸ σῶμα ἀξίαν τῶν παρακειμένων ὁρᾶν, ἀλλὰ καὶ τὴν πρὸς τὸν ἑστιάτορα αἰδῶ φυλάξαι.

35
Tue recht und fürchte niemanden

Wenn du etwas Bestimmtes tust in der Überzeugung, daß es getan werden müsse, so scheue dich niemals, dabei gesehen zu werden, auch wenn die große Menge wahrscheinlich darüber die Nase rümpft. Denn wenn das, was du vorhast, Unrecht ist, so laß es überhaupt sein; handelst du aber recht, was fürchtest du dann die Leute, die dich zu Unrecht tadeln werden?

36
Übe Zurückhaltung

Wie die Verbindung der beiden Sätze »Es ist Tag«, »Es ist Nacht« mit »oder« sehr sinnvoll, mit »und« dagegen absurd ist, so mag es zwar auch für den Körper gut sein, sich beim Essen das größte Stück zu nehmen, in Hinsicht auf die in Gesellschaft gebotene Selbstbescheidung ist dieses Betragen jedoch charakterlos. Wenn du also bei einem andern zu Gast bist, denk daran, nicht nur auf den Wert der aufgetragenen Speisen für deinen Körper zu achten, sondern auch dem Gastgeber gegenüber den gebührenden Anstand zu wahren.

37

Ἐὰν ὑπὲρ δύναμιν ἀναλάβῃς τι πρόσωπον, καὶ ἐν τούτῳ ἠσχημόνησας καί, ὃ ἠδύνασο ἐκπληρῶσαι, παρέλιπες.

38

Ἐν τῷ περιπατεῖν καθάπερ προσέχεις, μὴ ἐπιβῇς ἥλῳ ἢ στρέψῃς τὸν πόδα σου, οὕτω πρόσεχε, μὴ καὶ τὸ ἡγεμονικὸν βλάψῃς τὸ σεαυτοῦ. καὶ τοῦτο ἐὰν ἐφ' ἑκάστου ἔργου παραφυλάσσωμεν, ἀσφαλέστερον ἁψόμεθα τοῦ ἔργου.

39

Μέτρον κτήσεως τὸ σῶμα ἑκάστῳ ὡς ὁ ποὺς ὑποδήματος. ἐὰν μὲν οὖν ἐπὶ τούτου στῇς, φυλάξεις τὸ μέτρον· ἐὰν δὲ ὑπερβῇς, ὡς κατὰ κρημνοῦ λοιπὸν ἀνάγκη φέρεσθαι· καθάπερ καὶ ἐπὶ τοῦ ὑποδήματος, ἐὰν ὑπὲρ

37

Überfordere dich nicht

Wenn du eine Rolle übernimmst, die deine Kräfte übersteigt, so gibst du dir nicht nur hierin eine Blöße, sondern versäumst auch die, die du hättest ausführen können.

38

Hüte dich vor seelischem Schaden

Wie du beim Spazierengehen darauf achtest, daß du nicht in einen Nagel trittst oder dir den Fuß verstauchst, so achte darauf, daß du das leitende Prinzip in dir nicht schädigst. Und wenn wir diese Regel bei allem, was wir tun, beachten, dann werden wir mit größerer Sicherheit ans Werk gehen.

39

Zügle deine Ansprüche

Der Körper diene jedem als Maß für den Besitz wie der Fuß für den Schuh.[42] Hältst du treu an diesem Prinzip fest, wirst du das richtige Maß einhalten; überschreitest du es aber, wirst du zuletzt unweigerlich gleichsam in einen Abgrund stürzen. Es ist wie beim Schuh: Wenn du einmal die Bedürfnisse deines Fußes überschritten hast, dann wählst du zuerst einen vergoldeten, dann einen

τὸν πόδα ὑπερβῇς, γίνεται κατάχρυσον ὑπόδημα, εἶτα πορφυροῦν, κεντητόν. τοῦ γὰρ ἅπαξ ὑπὲρ τὸ μέτρον ὅρος οὐθείς ἐστιν.

40

Αἱ γυναῖκες εὐθὺς ἀπὸ τεσσαρεσκαίδεκα ἐτῶν ὑπὸ τῶν ἀνδρῶν κυρίαι καλοῦνται. τοιγαροῦν ὁρῶσαι, ὅτι ἄλλο μὲν οὐδὲν αὐταῖς πρόσεστι, μόνον δὲ συγκοιμῶνται τοῖς ἀνδράσι, ἄρχονται καλλωπίζεσθαι καὶ ἐν τούτῳ πάσας ἔχειν τὰς ἐλπίδας. προσέχειν οὖν ἄξιον, ἵνα αἴσθωνται, διότι ἐπ' οὐδενὶ ἄλλῳ τιμῶνται ἢ τῷ κόσμιαι φαίνεσθαι καὶ αἰδήμονες.

41

Ἀφυΐας σημεῖον τὸ ἐνδιατρίβειν τοῖς περὶ τὸ σῶμα, οἷον ἐπὶ πολὺ γυμνάζεσθαι, ἐπὶ πολὺ ἐσθίειν, ἐπὶ πολὺ πίνειν, ἐπὶ πολὺ ἀποπατεῖν, ὀχεύειν. ἀλλὰ ταῦτα μὲν ἐν παρέργῳ ποιητέον· περὶ δὲ τὴν γνώμην ἡ πᾶσα ἔστω ἐπιστροφή.

purpurnen und schließlich einen gestickten Schuh. Ist erst einmal das Maß gesprengt, dann gibt es keine Grenze mehr.

40
Die Ehre der Frauen

Die jungen Frauen werden, gleich wenn sie vierzehn geworden sind, von den Männern »Damen« genannt. Und wenn sie nun sehen, daß ihre Rolle sich darin erschöpft, mit den Männern zu schlafen, fangen sie an, sich herauszuputzen und darauf all ihre Hoffnung zu setzen. Es empfiehlt sich daher, ihnen begreiflich zu machen, daß ihre Ehre auf nichts anderem beruht als auf Anstand und Treue zu ihrem Gewissen.[43]

41
Körper und Geist

Es verrät geistige Armut, sich dauernd mit dem Körper zu beschäftigen, zum Beispiel zu viel Sport zu treiben, zu viel zu essen, zu viel zu trinken, zu oft seine Notdurft zu verrichten und seinem Sexualtrieb freien Lauf zu lassen. Nein, diese Bedürfnisse sollte man nur nebenbei befriedigen, und die ganze Aufmerksamkeit gelte der Entfaltung der geistigen Anlagen.

42

Ὅταν σέ τις κακῶς ποιῇ ἢ κακῶς λέγῃ, μέμνησο, ὅτι καθήκειν αὐτῷ οἰόμενος ποιεῖ ἢ λέγει. οὐχ οἷόν τε οὖν ἀκολουθεῖν αὐτὸν τῷ σοὶ φαινομένῳ, ἀλλὰ τῷ ἑαυτῷ, ὥστε, εἰ κακῶς αὐτῷ φαίνεται, ἐκεῖνος βλάπτεται, ὅστις καὶ ἐξηπάτηται. καὶ γὰρ τὸ ἀληθὲς συμπεπλεγμένον ἄν τις ὑπολάβῃ ψεῦδος, οὐ τὸ συμπεπλεγμένον βέβλαπται, ἀλλ' ὁ ἐξαπατηθείς. ἀπὸ τούτων οὖν ὁρμώμενος πρᾴως ἕξεις πρὸς τὸν λοιδοροῦντα. ἐπιφθέγγου γὰρ ἐφ' ἑκάστῳ ὅτι "ἔδοξεν αὐτῷ."

43

Πᾶν πρᾶγμα δύο ἔχει λαβάς, τὴν μὲν φορητήν, τὴν δὲ ἀφόρητον. ὁ ἀδελφὸς ἐὰν ἀδικῇ, ἐντεῦθεν αὐτὸ μὴ λάμβανε, ὅτι ἀδικεῖ (αὕτη γὰρ ἡ λαβή ἐστιν αὐτοῦ οὐ φορητή), ἀλλὰ ἐκεῖθεν μᾶλλον, ὅτι ἀδελφός, ὅτι σύντροφος, καὶ λήψῃ αὐτὸ καθ' ὃ φορητόν.

42
Wem Beleidigungen schaden

Wenn jemand schlecht an dir handelt oder schlecht über dich redet, denke daran, daß er dies tut oder sagt, weil er glaubt, er müsse es tun. Er kann also unmöglich deiner Sicht der Dinge folgen, sondern nur der eigenen. Deshalb hat *er* den Schaden, wenn er die Dinge falsch sieht, denn er ist es, der sich im Irrtum befindet. Denn auch wenn jemand eine logische Verknüpfung von Urteilen[44] für falsch hält, so schadet das der Verknüpfung nicht, sondern nur dem, der sich geirrt hat. Gehst du von dieser Einsicht aus, wirst du deinem Beleidiger gelassen begegnen. Sag dir nämlich jedesmal: »Es schien ihm eben richtig so.«

43
Jedes Ding hat zwei Henkel

Jedes Ding hat zwei Henkel: an dem einen kann man es tragen, an dem andern nicht. Wenn dir dein Bruder Unrecht tut, so fasse die Sache nicht von der Seite an, daß er Unrecht tut – denn an diesem Henkel läßt sie sich nicht tragen –, sondern vielmehr von der andern Seite, daß er dein Bruder ist und mit dir aufwuchs, und du wirst sie anfassen, wo man sie tragen kann.

44

Οὗτοι οἱ λόγοι ἀσύνακτοι· "ἐγώ σου πλουσιώτερός εἰμι, ἐγώ σου ἄρα κρείσσων"· "ἐγώ σου λογιώτερος, ἐγώ σου ἄρα κρείσσων". ἐκεῖνοι δὲ μᾶλλον συνακτικοί· "ἐγώ σου πλουσιώτερός εἰμι, ἡ ἐμὴ ἄρα κτῆσις τῆς σῆς κρείσσων"· "ἐγώ σου λογιώτερος, ἡ ἐμὴ ἄρα λέξις τῆς σῆς κρείσσων." σὺ δέ γε οὔτε κτῆσις εἶ οὔτε λέξις.

45

Λούεταί τις ταχέως· μὴ εἴπῃς ὅτι κακῶς, ἀλλ' ὅτι ταχέως. πίνει τις πολὺν οἶνον· μὴ εἴπῃς ὅτι κακῶς, ἀλλ' ὅτι πολύν. πρὶν γὰρ διαγνῶναι τὸ δόγμα, πόθεν οἶσθα, εἰ κακῶς; οὕτως οὐ συμβήσεταί σοι ἄλλων μὲν φαντασίας καταληπτικὰς λαμβάνειν, ἄλλοις δὲ συγκατατίθεσθαι.

46

Μηδαμοῦ σεαυτὸν εἴπῃς φιλόσοφον μηδὲ λάλει τὸ πολὺ ἐν ἰδιώταις περὶ τῶν θεωρημάτων, ἀλλὰ ποίει τὸ ἀπὸ τῶν θεωρημάτων· οἷον ἐν συμποσίῳ μὴ λέγε, πῶς

44
Fehlschlüsse

Folgende Schlüsse sind falsch: »Ich bin reicher als du – also bin ich dir überlegen.« – »Ich kann besser reden als du – also bin ich dir überlegen.« Folgerichtiger sind die Sätze: »Ich bin reicher als du – also ist mein Besitz deinem überlegen.« – »Ich kann besser reden als du – also ist meine Redekunst deiner überlegen.« Du selbst bist doch weder dein Besitz noch deine Redekunst.

45
Urteile nicht voreilig

Es wäscht sich jemand eilig. Sag nicht: er wäscht sich schlecht, sondern: er wäscht sich eilig. Es trinkt jemand viel Wein. Sag nicht: das ist schlecht, sondern: er trinkt viel. Denn bevor du den Grund seiner Handlungsweise durchschaust – woher weißt du denn, ob er schlecht handelt? So wird es dir nicht passieren, daß du von einigen Dingen untrügliche Sinneseindrücke gewinnst, andern aber voreilig deine Zustimmung[45] gibst.

46
Handeln statt reden

Nenne dich niemals einen Philosophen und sprich unter Ungebildeten auch möglichst nicht über die philosophischen Lehrsätze, sondern handle danach. Bei einem

δεῖ ἐσθίειν, ἀλλ' ἔσθιε, ὡς δεῖ. μέμνησο γάρ, ὅτι οὕτως ἀφῃρήκει πανταχόθεν Σωκράτης τὸ ἐπιδεικτικόν, ὥστε ἤρχοντο πρὸς αὐτὸν βουλόμενοι φιλοσόφοις ὑπ' αὐτοῦ συσταθῆναι, κἀκεῖνος ἀπῆγεν αὐτούς. οὕτως ἠνείχετο παρορώμενος. κἂν περὶ θεωρήματός τινος ἐν ἰδιώταις ἐμπίπτῃ λόγος, σιώπα τὸ πολύ· μέγας γὰρ ὁ κίνδυνος εὐθὺς ἐξεμέσαι, ὃ οὐκ ἔπεψας. καὶ ὅταν εἴπῃ σοί τις, ὅτι οὐδὲν οἶσθα, καὶ σὺ μὴ δηχθῇς, τότε ἴσθι, ὅτι ἄρχῃ τοῦ ἔργου. ἐπεὶ καὶ τὰ πρόβατα οὐ χόρτον φέροντα τοῖς ποιμέσιν ἐπιδεικνύει πόσον ἔφαγεν, ἀλλὰ τὴν νομὴν ἔσω πέψαντα ἔρια ἔξω φέρει καὶ γάλα· καὶ σὺ τοίνυν μὴ τὰ θεωρήματα τοῖς ἰδιώταις ἐπιδείκνυε, ἀλλ' ἀπ' αὐτῶν πεφθέντων τὰ ἔργα.

47

Ὅταν εὐτελῶς ἡρμοσμένος ᾖς κατὰ τὸ σῶμα, μὴ καλλωπίζου ἐπὶ τούτῳ μηδ', ἂν ὕδωρ πίνῃς, ἐκ πάσης ἀφορμῆς λέγε, ὅτι ὕδωρ πίνεις. κἂν ἀσκῆσαί ποτε πρὸς πόνον θέλῃς, σεαυτῷ καὶ μὴ τοῖς ἔξω· μὴ τοὺς

Gastmahl zum Beispiel sprich nicht davon, wie man essen soll, sondern iß so, wie es sich gehört. Denn denk daran, daß sich Sokrates jedes Zurschaustellen seines Wissens so völlig versagt hat, daß Leute zu ihm kamen, die von ihm mit Philosophen bekannt gemacht zu werden wünschten, und er führte sie einfach hin. So wenig machte er sich daraus, übersehen zu werden. Und wenn unter Ungebildeten die Rede auf irgendeinen philosophischen Lehrsatz kommt, so schweige möglichst. Denn die Gefahr ist groß, daß du sogleich wieder von dir gibst, was du noch nicht verdaut hast. Und wenn jemand zu dir sagt, daß du nichts weißt, und du dich dadurch nicht gekränkt fühlst, dann wisse, daß du den ersten Schritt getan hast. Denn auch die Schafe zeigen den Hirten nicht dadurch, daß sie ihnen das Futter zurückbringen, wieviel sie gefressen haben, sondern sie verdauen inwendig ihre Nahrung und liefern dann nach außen Wolle und Milch. So stelle auch du vor Ungebildeten nicht die philosophischen Lehrsätze zur Schau, sondern laß sie deren Wirkungen sehen, nachdem du sie verarbeitet hast.

47

Bilde dir nichts ein

Bist du, was deine körperlichen Bedürfnisse betrifft, anspruchslos geworden, so bilde dir darauf nichts ein, und wenn du nur Wasser trinkst, so sage nicht bei jeder Gelegenheit, daß du nur Wasser trinkst. Wenn du dich einmal abhärten willst, so tue das für dich und nicht für die Zuschauer. Umarme nicht (vor aller Augen) die

ἀνδριάντας περιλάμβανε· ἀλλὰ διψῶν ποτὲ σφοδρῶς ἐπίσπασαι ψυχροῦ ὕδατος καὶ ἔκπτυσον καὶ μηδενὶ εἴπῃς.

48

Ἰδιώτου στάσις καὶ χαρακτήρ· οὐδέποτε ἐξ ἑαυτοῦ προσδοκᾷ ὠφέλειαν ἢ βλάβην, ἀλλ' ἀπὸ τῶν ἔξω. φιλοσόφου στάσις καὶ χαρακτήρ· πᾶσαν ὠφέλειαν καὶ βλάβην ἐξ ἑαυτοῦ προσδοκᾷ.

Σημεῖα προκόπτοντος· οὐδένα ψέγει, οὐδένα ἐπαινεῖ, οὐδένα μέμφεται, οὐδενὶ ἐγκαλεῖ, οὐδὲν περὶ ἑαυτοῦ λέγει ὡς ὄντος τινὸς ἢ εἰδότος τι. ὅταν ἐμποδισθῇ τι ἢ κωλυθῇ, ἑαυτῷ ἐγκαλεῖ. κἄν τις αὐτὸν ἐπαινῇ, καταγελᾷ τοῦ ἐπαινοῦντος αὐτὸς παρ' ἑαυτῷ· κἂν ψέγῃ, οὐκ ἀπολογεῖται. περίεισι δὲ καθάπερ οἱ ἄρρωστοι, εὐλαβούμενός τι κινῆσαι τῶν καθισταμένων, πρὶν πῆξιν λαβεῖν.

Ὄρεξιν ἅπασαν ἦρκεν ἐξ ἑαυτοῦ· τὴν δ' ἔκκλισιν εἰς μόνα τὰ παρὰ φύσιν τῶν ἐφ' ἡμῖν μετατέθεικεν. ὁρμῇ πρὸς ἅπαντα ἀνειμένῃ χρῆται. ἂν ἠλίθιος ἢ ἀμαθὴς δοκῇ, οὐ πεφρόντικεν. ἑνί τε λόγῳ, ὡς ἐχθρὸν ἑαυτὸν παραφυλάσσει καὶ ἐπίβουλον.

(eiskalten) Standbilder,[46] sondern wenn du einmal heftigen Durst hast, nimm einen Schluck kalten Wassers, spei es wieder aus und sage es keinem.

48
Kennzeichen eines Fortschreitenden

Zustand und Charakter eines Ungebildeten: Niemals erwartet er Nutzen oder Schaden von sich selbst, sondern nur von äußern Einwirkungen. Zustand und Charakter eines Philosophen: allen Nutzen und Schaden erwartet er von sich selbst.

Kennzeichen eines Menschen, der Fortschritte[47] macht: er tadelt niemanden, lobt niemanden, schilt niemanden, macht niemandem Vorwürfe, spricht nicht über sich selber, als ob er etwas Besonderes sei oder wüßte. Wenn ihn etwas hindert oder hemmt, macht er sich selbst Vorwürfe. Und wenn ihn jemand lobt, so lächelt er im stillen über den Lobspender. Und wenn ihn jemand tadelt, verteidigt er sich nicht. Er geht einher wie einer, der von der Krankheit noch schwach ist und hütet sich, etwas von dem, was gerade in die richtige Lage gebracht wird, zu bewegen, ehe es endgültig fixiert ist.

Jegliches Begehren hat er aus seinem Wesen verbannt und seine Abneigung auf das beschränkt, was widernatürlich ist von den Dingen, über die wir gebieten. Für nichts zeigt er eine ausgeprägte Leidenschaft. Hält man ihn für närrisch oder unwissend, so kümmert ihn das nicht. Mit einem Wort: Vor sich selber ist er auf der Hut wie vor einem hinterlistigen Feind.

49

Ὅταν τις ἐπὶ τῷ νοεῖν καὶ ἐξηγεῖσθαι δύνασθαι τὰ Χρυσίππου βιβλία σεμνύνηται, λέγε αὐτὸς πρὸς ἑαυτὸν ὅτι “εἰ μὴ Χρύσιππος ἀσαφῶς ἐγεγράφει, οὐδὲν ἂν εἶχεν οὗτος, ἐφ᾽ ᾧ ἐσεμνύνετο.” ἐγὼ δὲ τί βούλομαι; καταμαθεῖν τὴν φύσιν καὶ ταύτῃ ἕπεσθαι. ζητῶ οὖν, τίς ἐστὶν ὁ ἐξηγούμενος· καὶ ἀκούσας, ὅτι Χρύσιππος, ἔρχομαι πρὸς αὐτόν. ἀλλ᾽ οὐ νοῶ τὰ γεγραμμένα· ζητῶ οὖν τὸν ἐξηγούμενον. καὶ μέχρι τούτων οὔπω σεμνὸν οὐδέν. ὅταν δὲ εὕρω τὸν ἐξηγούμενον, ἀπολείπεται χρῆσθαι τοῖς παρηγγελμένοις· τοῦτο αὐτὸ μόνον σεμνόν ἐστιν. ἂν δὲ αὐτὸ τοῦτο τὸ ἐξηγεῖσθαι θαυμάσω, τί ἄλλο ἢ γραμματικὸς ἀπετελέσθην ἀντὶ φιλοσόφου; πλήν γε δὴ ὅτι ἀντὶ Ὁμήρου Χρύσιππον ἐξηγούμενος. μᾶλλον οὖν, ὅταν τις εἴπῃ μοι “ἐπανάγνωθί μοι Χρύσιππον,” ἐρυθριῶ, ὅταν μὴ δύνωμαι ὅμοια τὰ ἔργα καὶ σύμφωνα ἐπιδεικνύειν τοῖς λόγοις.

49
Theorie und Praxis

Wenn jemand sich damit brüstet, er könne die Bücher des Chrysipp[48] verstehen und erklären, so sage zu dir selbst: »Wenn Chrysipp nicht schwer verständlich geschrieben hätte, so hätte dieser nichts, womit er sich brüsten könnte.« Ich aber, was will ich? Die Natur verstehen lernen und ihr folgen. Ich suche daher nach einem, der sie mir erklärt; und da ich dabei den Namen Chrysipp höre, wende ich mich an ihn. Aber ich verstehe seine Schriften nicht. Also suche ich jemanden, der sie mir erklärt. Bis dahin besteht noch kein Grund, stolz zu sein. Wenn ich aber einen gefunden habe, der sie mir erklärt, dann bleibt noch die Aufgabe, die Vorschriften auch anzuwenden. Allein darauf darf man stolz sein. Wenn ich aber nur das Auslegen selbst bewundere, was bin ich da zuletzt anderes als ein Philologe, aber kein Philosoph, nur daß ich statt Homer den Chrysipp erkläre? Ich erröte daher noch mehr, sobald jemand zu mir sagt: »Lies mir aus Chrysipp vor«, wenn ich nicht imstande bin, die Taten aufzuweisen, die seinen Worten entsprechen und mit ihnen übereinstimmen.[49]

50

Ὅσα προτίθεται, τούτοις ὡς νόμοις, ὡς ἀσεβήσων, ἂν παραβῇς, ἔμμενε. ὅ τι δ' ἂν ἐρῇ τις περὶ σοῦ, μὴ ἐπιστρέφου· τοῦτο γὰρ οὐκ ἔτ' ἐστὶ σόν.

51

Εἰς ποῖον ἔτι χρόνον ἀναβάλλῃ τὸ τῶν βελτίστων ἀξιοῦν σεαυτὸν καὶ ἐν μηδενὶ παραβαίνειν τὸν διαιροῦντα λόγον; παρείληφας τὰ θεωρήματα, οἷς ἔδει σε συμβάλλειν, καὶ συμβέβληκας. ποῖον οὖν ἔτι διδάσκαλον προσδοκᾷς, ἵνα εἰς ἐκεῖνον ὑπερθῇ τὴν ἐπανόρθωσιν ποιῆσαι τὴν σεαυτοῦ; οὐκ ἔτι εἶ μειράκιον, ἀλλὰ ἀνὴρ ἤδη τέλειος. ἂν νῦν ἀμελήσῃς καὶ ῥαθυμήσῃς καὶ ἀεὶ προθέσεις ἐκ προθέσεως ποιῇ καὶ ἡμέρας ἄλλας ἐπ' ἄλλαις ὁρίζῃς, μεθ' ἃς προσέξεις σεαυτῷ, λήσεις σεαυτὸν οὐ προκόψας, ἀλλ' ἰδιώτης διατελέσεις καὶ ζῶν καὶ ἀποθνήσκων. ἤδη οὖν ἀξίωσον σεαυτὸν βιοῦν ὡς τέλειον καὶ προκόπτοντα· καὶ πᾶν τὸ βέλτιστον φαινόμενον ἔστω σοι νόμος ἀπαρά-

50
Von der Treue zur Philosophie

An den Vorschriften der Philosophie halte fest wie an Gesetzen und sei überzeugt, daß du dich schwer vergehst, wenn du sie übertrittst. Was man auch über dich sagt – kümmere dich nicht darum; denn das entzieht sich nun deinem Einfluß.

51
Entscheide dich jetzt

Wie lange willst du es noch aufschieben, dich der Erfüllung höchster sittlicher Ansprüche für wert zu erachten und in keinem Fall gegen die Vernunft zu verstoßen, die die grundlegende Unterscheidung der Dinge erlaubt? Du hast die philosophischen Lehren empfangen, denen du zustimmen mußtest, und du hast ihnen zugestimmt. Auf was für einen Lehrer wartest du jetzt noch, um ihm die Aufgabe zu übertragen, deine sittliche Besserung zu bewirken? Du bist kein Knabe mehr, sondern schon ein erwachsener Mann. Wenn du jetzt nachlässig und leichtsinnig bist, immer nur einen Vorsatz nach dem andern faßt und einen Tag nach dem andern festsetzt, von dem an du auf dich achten willst, dann wirst du, ohne es zu merken, keine Fortschritte machen, sondern immer ein Ignorant bleiben im Leben wie im Sterben. Trau es dir doch endlich zu, wie ein erwachsener Mensch zu leben, der moralische Fortschritte macht; und alles, was dir als das Beste erscheint, sei dir ein unverbrüch-

βατος. κἂν ἐπίπονόν τι ἢ ἡδὺ ἢ ἔνδοξον ἢ ἄδοξον προσάγηται, μέμνησο, ὅτι νῦν ὁ ἀγὼν καὶ ἤδη πάρεστι τὰ Ὀλύμπια καὶ οὐκ ἔστιν ἀναβάλλεσθαι οὐκέτι καὶ ὅτι παρὰ μίαν ἡμέραν καὶ ἓν πρᾶγμα καὶ ἀπόλλυται προκοπὴ καὶ σῴζεται.
Σωκράτης οὕτως ἀπετελέσθη, ἐπὶ πάντων τῶν προσαγομένων αὐτῷ μηδενὶ ἄλλῳ προσέχων ἢ τῷ λόγῳ. σὺ δὲ εἰ καὶ μήπω εἶ Σωκράτης, ὡς Σωκράτης γε εἶναι βουλόμενος ὀφείλεις βιοῦν.

52

Ὁ πρῶτος καὶ ἀναγκαιότατος τόπος ἐστὶν ἐν φιλοσοφίᾳ ὁ τῆς χρήσεως τῶν θεωρημάτων, οἷον τὸ μὴ ψεύδεσθαι· ὁ δεύτερος ὁ τῶν ἀποδείξεων, οἷον πόθεν ὅτι οὐ δεῖ ψεύδεσθαι; τρίτος ὁ αὐτῶν τούτων βεβαιωτικὸς καὶ διαρθρωτικός, οἷον πόθεν ὅτι τοῦτο ἀπόδειξις; τί γάρ ἐστιν ἀπόδειξις, τί ἀκολουθία, τί μάχη, τί ἀληθές, τί ψεῦδος; οὐκοῦν ὁ μὲν τρίτος τόπος ἀναγκαῖος διὰ τὸν δεύτερον, ὁ δὲ δεύτερος διὰ τὸν πρῶτον· ὁ δὲ ἀναγκαιότατος καὶ ὅπου ἀναπαύεσθαι δεῖ, ὁ πρῶτος. ἡμεῖς δὲ ἔμπαλιν ποιοῦμεν· ἐν γὰρ τῷ τρίτῳ τόπῳ διατρίβομεν καὶ περὶ ἐκεῖνόν ἐστιν ἡμῖν ἡ πᾶσα σπουδή· τοῦ δὲ πρώτου παντελῶς ἀμελοῦμεν. τοιγαροῦν ψευδόμεθα μέν, πῶς δὲ ἀποδείκνυται ὅτι οὐ δεῖ ψεύδεσθαι, πρόχειρον ἔχομεν.

liches Gesetz. Und wenn dir etwas Aufreibendes oder Vergnügliches, Ruhmvolles oder Ruhmloses begegnet, so denk daran: jetzt gilt es zu kämpfen, nun sind die Olympischen Spiele da und mit dem Aufschieben ist es nun aus, und an einem einzigen Tag, durch eine einzige Handlung wird der erzielte Fortschritt zerstört oder bewahrt.

So wurde Sokrates, wie er war, weil er bei allem, was ihm begegnete, auf nichts anderes achtete als auf die Vernunft. Du aber, auch wenn du noch kein Sokrates bist, solltest so leben, als ob du einer sein wolltest.

52
Das Wichtigste: die Praxis

Der erste und notwendigste Bereich der Philosophie ist der von der Anwendung ihrer Lehren, wie zum Beispiel nicht zu lügen. Der zweite handelt von den Beweisen, zum Beispiel, aus welchem Grund man nicht lügen darf. Der dritte begründet und zergliedert diese Beweise, zum Beispiel: Woraus ergibt sich, daß dies ein Beweis ist? Was ist überhaupt ein Beweis? Was ist eine logische Folgerung? Was ist ein Widerspruch? Was ist wahr? Was ist falsch? Der dritte Bereich ist also notwendig wegen des zweiten und der zweite wegen des ersten. Der notwendigste aber, bei dem man verweilen soll, ist der erste.[50] Wir hingegen machen es genau umgekehrt. Denn wir verbringen unsere Zeit mit dem dritten Bereich, und ihm gilt unser ganzer Einsatz. Den ersten aber lassen wir völlig außer acht. Deshalb lügen wir zwar; wie man aber beweist, daß man nicht lügen darf, ist uns geläufig.

53

Ἐπὶ παντὸς πρόχειρα ἑκτέον ταῦτα·

ἄγου δέ μ', ὦ Ζεῦ, καὶ σύ γ' ἡ Πεπρωμένη,
ὅποι ποθ' ὑμῖν εἰμὶ διατεταγμένος·
ὡς ἕψομαί γ' ἄοκνος· ἢν δέ γε μὴ θέλω,
κακὸς γενόμενος, οὐδὲν ἧττον ἕψομαι.

"ὅστις δ' ἀνάγκῃ συγκεχώρηκεν καλῶς,
σοφὸς παρ' ἡμῖν, καὶ τὰ θεῖ' ἐπίσταται."

"ἀλλ', ὦ Κρίτων, εἰ ταύτῃ τοῖς θεοῖς φίλον, ταύτῃ γενέσθω."

"ἐμὲ δὲ Ἄνυτος καὶ Μέλητος ἀποκτεῖναι μὲν δύνανται, βλάψαι δὲ οὔ."

53
Kernsätze

Bei allem, was geschieht, sollten uns folgende Kernsätze stets abrufbar sein:

»O Zeus, und du, allmächtiges Schicksal, führt mich zu jenem Ziel, das mir einst von euch bestimmt wurde. Ich werde folgen ohne Zaudern. Sträubt' ich mich, ein Frevler wär ich dann, ein Feigling, und müßte doch euch folgen!«[51]

Und weiter:

»Wer dem unausweichlichen Schicksal sich in rechter Weise fügt,
der gilt als weise uns und kennt der Götter Walten.«[52]

Und drittens:

»Nun, mein Kriton, wenn es so den Göttern lieb ist, mag es so geschehen.«[53]

Und zuletzt:

»Anytos und Meletos können mich zwar töten, schaden aber können sie mir nicht.«[54]

Anmerkungen

Der griechische Text folgt der zweisprachigen Ausgabe von W. A. Oldfather:

Epictetus. The Discourses as reported by Arrian, the Manual, and Fragments. With an English Translation by W. A. Oldfather. Bd. 2. Cambridge (Mass.): Harvard University Press / London: Heinemann, 1928. Nachdr. Ebd. 1978.

Zur Bedeutung der stoischen Fachbegriffe vgl. vor allem M. Billerbeck, *Epiktet, Vom Kynismus*, und M. Forschner, *Die stoische Ethik*, ferner: A. Bonhöffer, *Epictet und die Stoa*, und A. B., *Die Ethik des Stoikers Epictet.*

1 Epiktet hat als eine Neuerung gegenüber seinen stoischen Vorgängern die Ethik in drei Stufen (Topoi) eingeteilt. Die erste Stufe gibt dem sittlich Fortschreitenden die Leitlinien für richtiges Begehren (ὄρεξις) und Meiden (ἔκκλισις) und bewirkt Befreiung von allen πάθη, da nach Epiktet das πάθος nur daher kommt, daß man etwas begehrte und nicht erlangte, etwas meiden wollte und ihm nicht entging. Der zweite Topos lehrt das richtige Handeln (ὁρμή) und Unterlassen (ἀφορμή). Wie der erste Topos sich mit der Einstellung zu den Gütern befaßt, so der zweite mit dem καθῆκον oder der Pflichtenlehre. Die dritte Stufe, die nur der Weise erreicht, bedeutet die absolute Unbeirrbarkeit im Urteil (συγκατάθεσις) darüber, was sittlich gut und was schlecht ist (vgl. Billerbeck, 1978, S. 91).

2 Die Maximen des *Handbüchleins* richten sich an einen fiktiven Gesprächspartner, einen philosophischen Anfänger, der durch die Unterweisungen charakterliche Fortschritte machen soll (προκόπτειν). Oft spricht Epiktet aber auch einfach mit sich selbst; diese Selbstgespräche sind ein typisches Kennzeichen des Diatribenstils.

3 πρόχειρον ἔστω »habe zur Hand« läßt an den Titel des *Handbüchleins der Moral*, ἐγχειρίδιον, denken.

4 τὰ παρὰ φύσιν »was gegen die Natur ist« als Gegensatz zur altstoischen Formel vom ὁμολογουμένως τῇ φύσει ζῆν, das soviel heißt wie »im Einklang mit der Weltordnung« oder der »Vernunftnatur des Menschen« leben.

5 ταραχθήσῃ: vgl. dazu den stoischen Wertbegriff der »Uner-

schütterlichkeit« (ἀταραξία), die sich durch nichts aus der Fassung bringen läßt.

6 Seine Furchtlosigkeit (vgl. Kap. 5), sein Vertrauen in die Vernunft (Kap. 32 und 51), seine vorbildliche Antizipation von Übeln (Kap. 33) und seine Bescheidenheit (Kap. 46) ließen Sokrates zum sittlichen Vorbild für Epiktet werden.

7 Vgl. die Interpretation dieses Kapitels bei W. Kamlah, *Der Ruf des Steuermanns*, Stuttgart 1953.

8 Die Deminutive γυναικάριον und παιδίον haben hier abschätzige Bedeutung. Dieser Gebrauch der Verkleinerungsform ist bei Epiktet der weitaus häufigste. Oldfather (1978) übersetzt: »a little wife and child«.

9 Vielleicht spielt Epiktet hier auf seine eigene Lahmheit an.

10 ἐγκράτεια »Selbstbeherrschung«, καρτερία »Ausdauer« und ἀνεξικακία »Gleichmut« gehören zu den wichtigsten Tugenden des kynisch-stoischen Weisen.

11 Die Stoiker kannten in ihrer Ethik im Prinzip nur das Entweder-Oder: Nur die Tugend, die zur Glückseligkeit verhilft, ist ein Gut, alles andere nicht. Der Mensch ist entweder ein Weiser (φιλόσοφος) oder ein Tor (ἰδιώτης). Aber trotz dieser scharfen Trennung erkannten sie schon aus pädagogischen Gründen an, daß ein »moralischer Fortschritt« (προκοπή), eine Entwicklung hin zum Weisen, mittels Erziehung und vor allem Selbsterziehung möglich sei.

12 »Kummer« (λύπη) und »Angst« (φόβος) gehören wie »Lust« (ἡδονή) und »Begierde« (ἐπιθυμία) zu den vier stoischen Hauptaffekten. »Die Affekte sind nicht naturgegeben, sondern Krankheitserscheinungen des Logos, die ihn aktionsunfähig machen. Man darf sich nicht einbilden, sie beherrschen zu können. Nur ihre Ausrottung kann das Ziel sein [. . .]. Die eigentliche Therapie des Affekts besteht deshalb in der Prophylaxe, die es gar nicht erst zu seiner Entstehung kommen läßt. Zu ihr gehört besonders, daß man sich von vornherein gedanklich auf alle Wechselfälle des Geschickes vorbereitet« (Pohlenz, ^{5}1978, S. 150 f.).

13 »Gleichmut« oder »Freiheit von Affekten« (ἀπάθεια) und »innere Ruhe« oder »Freiheit von Aufregung und Störung« (ἀταραξία) sind die Voraussetzungen und Begleiterscheinungen der Eudämonie (vgl. Anm. 5).

14 Epiktet verlangt zwar vom Philosophen eine gründliche theoretische Bildung, doch »der erste und notwendigste Bereich der

Philosophie ist der von der Anwendung ihrer Lehren« (Kap. 52), die χρῆσις τῶν θεωρημάτων oder, mit einem andern Begriff, die ἄσκησις. Worin diese besteht, darüber gibt uns *Dissertationes* (diss.) 3,12 Aufschluß: man muß die früheren falschen Gewohnheiten durch die entgegengesetzte Lebensart zu überwinden suchen (δεῖ τῷ ἔθει τούτῳ ἐναντίον ἔθος ἀντιθεῖναι).

15 Diogenes von Sinope predigte zur Zeit Alexanders d. Gr. sein »Zurück zur Natur«, indem er das Ideal der Bedürfnislosigkeit unter Brüskierung allen konventionellen Anstandes vorlebte. Mit seinen Provokationen wollte er das Verhalten seiner Mitmenschen als von der Konvention geprägt, aber unvernünftig, verspotten. Er galt als der Prototyp des wahren Kynikers. Neben Diogenes wird hier auch der Philosoph Heraklit (Akme 504/503–501/500) als freiwillig Verzichtender genannt. W. Capelles (1948) und R. Nickels (1987) Übersetzungen schreiben »Herakles« statt »Heraklit«, basierend auf der Lesart von B Ἡρακλήτης und der Überlegung, daß dieser Heros der Stoa als mythologisches Exempel für siegreiche Bewährung diente.

16 Das Mitleid, das Cicero (Tusc. 3,21) als *aegritudo ex alterius rebus adversis* definiert, ist ein Affekt und folglich verwerflich. Im Gegensatz zur unerbittlichen Haltung Chrysipps räumen die jüngeren Stoiker dem Weisen eine Art von Mitleid ein. Das Mitgefühl darf aber nach Epiktet den Bereich des Logos nicht überschreiten, und die Anteilnahme darf nicht »innerlich« sein, das heißt zu einem Pathos ausarten (vgl. Billerbeck, 1978, S. 62 f.).

17 Daß das Leben einem Schauspiel gleiche, in dem jeder die ihm vom Schicksal zugeteilte Rolle so gut wie möglich zu spielen habe, war ein in der Neuen Komödie und in der Stoa beliebtes Bild (vgl. W. Kranz, *Geschichte der Griechischen Literatur*, Bremen ^{4}1960, S. 389 f.). Auch Mark Aurel beschließt seine *Wege zu sich selbst* mit dem Vergleich des Menschen mit einem Schauspieler in einem fremdbestimmten Stück: »Mensch, du betätigtest dich als Bürger in dieser großen Stadt. Was macht es dir aus, ob fünf Jahre oder drei? Denn die Betätigung nach dem Gesetz ist für jeden gleich. Was Schlimmes ist es also, wenn dich aus der Stadt wegschickt nicht ein Tyrann und nicht ein ungerechter Richter, sondern die Natur, die dich hineingeführt hat? Wie wenn einen Schauspieler der Prätor entläßt, der ihn in Dienst genommen hat. ›Aber ich spielte nicht die fünf Akte, sondern die drei.‹ Richtig, aber im Leben sind die drei das ganze

Drama. Denn, was fertig ist, bestimmt jener, der einmal für die Mischung, jetzt für die Auflösung verantwortlich ist. Du bist für beides nicht verantwortlich. Geh also heiter weg, denn auch der, der dich entläßt, ist heiter« (Übers. von W. Theiler, [3]1984, S. 293). In diss. 3,22,5 f. führt Epiktet, der sich öfter dieses Vergleiches bedient, auch Gestirne und Tiere als Rollenempfänger ein (vgl. Billerbeck, 1978, S. 50 f.).

18 Kap. 20 zeigt, daß die Begriffe ὑπόληψις, δόγμα und φαντασία austauschbar sind. Sie bezeichnen den ersten Eindruck, den man von den Dingen und Vorgängen erhält.

19 Die *meditatio mortis* soll hier nicht die Todesfurcht bannen, sondern zu einem würdigen Leben aufrufen. Vgl. Psalm 90,12: »Lehre uns bedenken, daß wir sterben müssen, auf daß wir klug werden.«

20 Epiktet attackiert die Scheinkyniker, die hinter der Maske des Tiefsinns ihre innere Hohlheit und moralische Verkommenheit verbargen. »Diese, meist aus dem griechischen Osten stammend, waren oft nicht mehr als Landstreicher. Mit Mantel, Stock und Brotsack, den kynischen Attributen ausgestattet, zogen sie bettelnd herum und erlaubten sich unter dem Deckmantel kynischer Redefreiheit jegliche Beleidigung« (Billerbeck, 1978, S. 2). Die finstere Miene ist ebenfalls ein Merkmal des Scheinkynikers (vgl. ebd., S. 111).

21 Hier ist der sokratische Gegensatz von δοκεῖν und εἶναι zu erkennen.

22 Zu den Begriffen αἰδώς (Selbstachtung) und πίστις (Verläßlichkeit) bemerkt Pohlenz ([5]1978, S. 335): »Während die Aidos aus uraltem hellenischen Empfinden stammt, ist bei der Pistis der Einfluß der römischen fides unverkennbar«.

23 Epiktet verlangt durchaus den Einsatz des Menschen im Dienste des Staates, steht also der Lehre der Stoa deutlich näher als dem Kynismus. Die Hingabe an das öffentliche Wohl soll entsprechend den spezifischen Fähigkeiten erfolgen und unter der Bedingung, daß die Seele dabei keinen Schaden nimmt.

24 Epiktet denkt an die römische Einrichtung der *salutatio matutina*, den allmorgendlichen Besuch des Klienten im Haus des *patronus*.

25 Obolus (ὀβολός): kleinste griechische Münzeinheit (0,73 g Silber).

26 Es ist also undenkbar, daß die Welt, der Kosmos, geschaffen wurde, um dem Bösen eine Heimstätte zu bieten. Es gibt folglich

nichts von Natur aus Böses in der Welt. Das Böse entsteht durch die Verblendung der Menschen. Vgl. den Zeus-Hymnus des Kleanthes (SVF 1,537), bes. V. 11–13:

»Nicht geschieht ein Werk auf Erden ohne dich, o Gottheit,
Weder am ätherischen göttlichen Himmel noch im Meer,
Außer dem, was Schlechte in ihrem Wahn vollbringen.«
(Übers. von R. Bultmann, *Das Urchristentum*, Hamburg 1966, S. 232.)

27 Zu παρορύσσεσθαι bemerkt Oldfather (1978, S. 100): »A technical term of somewhat uncertain meaning, but probably referring to a preliminary wallowing in dust or mud before the wrestling match at the *pancratium.*« Er übersetzt: »to ›dig in‹ beside your opponent«.

28 Euphrates war ein angesehener Stoiker, der in Syrien und später in Rom wirkte. Er war wie Epiktet ein Schüler des Musonius. Hochbetagt starb er im Jahre 119 durch Selbstmord. Plinius, epist. 1,10, rühmt ihn in höchsten Tönen.

29 »Bei Epictet bedeutet das ἡγεμονικόν wie bei der alten Stoa den Mittelpunkt des ganzen geistigen Lebens [...] es erscheint bei ihm [...] vorwiegend als Sitz des Willens und des Gefühls. Es bedeutet meistens den inwendigen Menschen, den Charakter; oft könnte man es am besten mit ›Herz‹ wiedergeben« (Bonhöffer, 1890, S. 95). »Wie die Spinne in der Mitte des Netzes sitzt«, sagt Chrysipp, »und mit Hilfe der Fäden merkt, wenn in dieses eine Fliege gerät, so sitzt das Hegemonikon im Herzen und vernimmt dort, was die Sinne übermitteln« (nach SVF 2,879). Nach Pohlenz ([5]1978, S. 88) ist das Hegemonikon das führende Zentralorgan, »das sieht und hört, das die Eindrücke verarbeitet, denkt und handelt«.

30 »Das Verbum οἰκειοῦν bedeutet in bezug auf Sachen ›sich aneignen‹, in bezug auf Personen aktiv ›auf seine Seite bringen‹, passiv ›mit jemandem vertraut bzw. bekannt sein‹« (Forschner, 1981, S. 145). Ein Grundbegriff der stoischen Anthropologie ist das nominalisierte Verbum οἰκείωσις, »eine spezifische Beziehung von Etwas (Jemandem) zu Etwas (Jemandem), die als Vertrautsein mit, interessiertes Gerichtetsein auf, Besorgtsein um etwas (jemanden) charakterisiert werden mag« (ebd.). Der Terminus bezeichnet die naturgegebene Zuwendung jedes Wesens zu sich selbst zwecks Selbsterhaltung und Selbstentfaltung. Die von der Natur gestiftete Zuneigung betrifft aber nicht nur

das eigene Sein, sondern auch das der eigenen Nachkommenschaft und sonstiger Angehöriger, »zieht dann immer weitere Kreise und umspannt schließlich die ganze Menschheit, weil wir in jedem Vernunftwesen einen ›Verwandten‹ erkennen, mit dem uns nicht nur die äußere Gleichheit der Lebensbedingungen, sondern auch ein natürliches Gefühl der Zusammengehörigkeit verbindet« (Pohlenz, [5]1978, S. 115).

31 Polyneikes und Eteokles waren die Söhne des Oedipus und der Iokaste. Weil sie ihren Vater nach dessen Sturz beleidigt hatten, hatte dieser sie verflucht. Die beiden Brüder einigten sich darauf, die Herrschaft unter sich zu teilen: abwechselnd sollte jeder ein Jahr regieren und der andere außer Landes gehen. Am Ende seiner Regierungszeit weigerte sich Eteokles, die Herrschaft seinem Bruder abzutreten. So kam es zum Krieg. Im Einzelkampf erschlugen sich die feindlichen Brüder, womit sich der Fluch des Oedipus erfüllte.

32 Die Stoiker haben die Mantik – die Kunst, ein Orakel oder göttliche Zeichen zu deuten – in ihr Lehrgebäude aufgenommen, und darin folgt ihnen auch Epiktet. Er glaubt sowohl an die natürliche (Inkubations- und Traumorakel) als auch an die kunstmäßige Mantik (Opfer- und Vogelschau). Die Nichtbefolgung eines Orakelspruchs betrachtet er als Ungehorsam gegen Gott. Allerdings beziehen sich die Aussagen der Mantik nur auf die äußeren Dinge, die Adiaphora (ἀδιάφορα). Der Seher kann nur den äußeren Verlauf eines Geschehens voraussagen; ob dessen Folgen gut oder schlecht sind, darüber steht ihm kein Urteil zu, dies hängt von der sittlichen Einstellung des Empfängers ab. Das Orakel soll nicht befragt werden, wo das Gewissen eine Pflichterfüllung gebietet und wo man selber aufgrund eigenen Nachdenkens oder erprobter Erfahrung zu einem vernünftigen Schluß gelangen kann. »Dieser Glaube an die Mantik erklärt sich bei den Stoikern erstens aus dem konservativen Sinn, mit dem sie überhaupt an der volkstümlichen Religion festhielten, sodann speziell aus ihrer mystisch-pantheistischen Lehre von dem innigen Zusammenhang des Alls (συμπάθεια τῶν ὅλων), welche die Annahme, daß jedes kommende Ereignis sein vorhergehendes Zeichen (σημεῖον) habe, begünstigte« (Bonhöffer, 1894, S. 45).

33 Alles Seiende ist entweder ein Gut oder ein Übel oder keines von beiden (ἀδιάφορον). Gut ist nur das sittlich Gute, schlecht nur das sittlich Schlechte. Alles andere ist indifferent, weder gut

noch schlecht, weil es weder zur Glückseligkeit noch zur Unseligkeit beiträgt. Damit ist aber nicht gesagt, daß all diese Dinge für uns völlig gleichgültig sind, noch daß unter ihnen selbst keinerlei Unterschied besteht (vgl. Pohlenz, [5]1978, S. 119 ff.). Freundschaft, Ehe, Kinderzeugung, Gesundheit des Leibes und des Geistes, Politik u. a. stellen zwar Adiaphora dar – sind also für die Sittlichkeit eines Menschen indifferent –, aber sie gehören zur Gruppe der bevorzugten (προηγμένα) außersittlichen Dinge und besitzen darum gegenüber den naturwidrigen, zurückgestellten (ἀποπροηγμένα) wie Krankheit, Armut usw. einen relativen Wert (vgl. Billerbeck, 1978, S. 8 f.).

34 Apollons Beiname »pythisch« leitet sich von Python, einer riesigen weiblichen Schlange mit prophetischen Kräften her, die ursprünglich die Herrin über die Orakelstätte in Delphi war. Sie wurde von Apollon erschlagen. Die Legende vom Drachenkampf spiegelt die Besitzergreifung eines chthonischen Orakels durch den Gott wider. Delphi hieß daher auch Pytho, und die Priesterin und Prophetin Apollons trug den Namen Pythia.

35 Der Satz besagt, daß man nicht zu einem Orakel zu gehen braucht, um zu erfahren, ob man seinem Freund in Not helfen soll. Diese Frage war längst schon durch den delphischen Apollon entschieden worden, der einst einen Ratsuchenden aus seinem Tempel jagte, der seinem sterbenden Freund bei einem Überfall nicht geholfen hatte (vgl. Aelian, var. hist. 3,44, und den Kommentar des Simplikios zur Stelle).

36 Beispielsweise Gladiatorenspiele im Amphitheater, Wagenrennen, Aufführungen im Theater.

37 Das Prinzip, sich dem notwendigen Lauf der Dinge zu fügen, findet beim Stoiker selbst im Theater Anwendung. Wie sehr die »wahnsinnige Begeisterung für Zirkusspiele« seinen Freund Alypius in Beschlag nahm, und wie dieser davon geheilt wurde, schildert Augustinus in seinen *Confessiones* 6,7 f.

38 In öffentlichen Autorenlesungen wurden neue literarische Werke vorgestellt.

39 »Ausgeglichenheit«, griechisch εὐστάθεια, eigentlich »Beständigkeit«, »Festigkeit« und vor allem bei den Epikureern »der gute Zustand des Körpers«. Sie ist die Voraussetzung für den »guten Fluß des Lebens«, die εὔροια, und damit die Eudämonie.

40 Zenon von Kition, um 333/332–262 v. Chr., gilt als der Begründer der stoischen Philosophie. Seine Lehrtätigkeit begann kurz vor 300 in Athen. Er unterrichtete in der *Stoa Poikile*, einer

öffentlichen Halle an der Agora, die der neuen Philosophenschule den Namen gab. Zenon gliederte die Philosophie in Logik (Erkenntnistheorie, Grammatik, Rhetorik, Logik), Physik (Ontologie, Kosmologie, Psychologie, Theologie) und Ethik.

41 τὰ ἐκτός, die »äußeren Dinge«, sind diejenigen, die nicht in unserer Verfügungsgewalt stehen und unserem Einfluß entzogen sind.

42 Das Maß materiellen Besitzes richtet sich nach den körperlichen Bedürfnissen, wie sich der Schuh den Erfordernissen des Fußes anpassen sollte. Der Vergleich scheint beliebt gewesen zu sein: vgl. Horaz, epist. 1,7,98 und 10,42 f.

43 Epiktet äußert sich im *Handbüchlein* wiederholt zur Geschlechtsmoral; vgl. auch Kap. 10,33, 34, 41. Die Ehe ist seiner Ansicht nach unbedingt heilig zu halten, Geschlechtsverkehr vorher möglichst zu meiden, jedenfalls nur in den gesetzlich erlaubten Grenzen zu pflegen. Ehebruch verstößt ebenso gegen das eigene sittliche Gefühl wie gegen die Gemeinschaftspflicht. Ehe und Kinderzeugung gehören zu den Bürgerpflichten. Zur Ehe- und Kinderlosigkeit des wahren Kynikers vgl. diss. 3,22,67–76. Mit ungewöhnlicher Herzlichkeit hingegen spricht Epiktets Lehrer Musonius von der Ehe.

44 Eine »logische Verknüpfung von Urteilen« ist z. B. die Verbindung der Sätze »Es ist Nacht, und es ist dunkel« oder »Es schneit, und es ist kalt«. Ein Beispiel für eine falsche Verknüpfung gibt Epiktet selbst Kap. 36: »Es ist Tag, und es ist Nacht.«

45 Die Vorstellungen (φαντασίαι) werden teils durch die Sinne vermittelt, teils stammen sie aus der διάνοια. Alle Vorstellungen kommen vor die Instanz des Logos, der sie durch Zustimmung (συγκατάθεσις) annimmt oder ablehnt. »Eine Vorstellung, welche eine wirkliche Erfassung des Objekts ermöglicht, heißt kataleptisch; es entsteht durch die Zustimmung eine wahre Erkenntnis (κατάληψις). Die συγκατάθεσις zu einer akataleptischen Vorstellung, d. h. einer, welche nicht zur wahren Erkenntnis des Objekts führt, ist krankhaft, eine Doxa. Sie ist Ursache der Affekte. Entscheidend für das ethische Verhalten ist es also, daß die Fähigkeit, Vorstellungen denkend zu unterscheiden, gewissenhaft gebraucht wird. Der vernünftige Gebrauch ist die ὀρθὴ χρῆσις τῶν φαντασιῶν. Sie ist ἐφ' ἡμῖν« (Billerbeck, 1978, S. 74 f.).

46 Um dich deiner Abhärtung zu rühmen.

47 Der προκόπτων befindet sich auf seinem Weg zu sittlichem Fortschritt zwischen dem ἰδιώτης (dem »Ungebildeten«, dem »Durchschnittsmenschen«) und dem φιλόσοφος (vgl. Anm. 11).

48 Chrysipp (281/277–208/204 v. Chr.) aus Soloi in Kilikien war der Nachfolger des Kleanthes als Schulhaupt der Stoa. Er hat entscheidend dazu beigetragen, daß die Einheit der Schule wiederhergestellt werden konnte, was in einem bei Diog. Laert. 7,183 überlieferten Vers treffend ausgedrückt ist: εἰ μὴ γὰρ ἦν Χρύσιππος, οὐκ ἂν ἦν στοά. Das besondere Interesse Chrysipps galt der Logik und der Erkenntnistheorie. Von den angeblich 705 Schriften des Vielschreibers sind nur Fragmente erhalten, die in der Sammlung *Stoicorum Veterum Fragmenta* (SVF) von Hans von Arnim zusammengestellt wurden.

49 Wie Taten wichtiger als Worte sind, so hat im Urteil der Stoiker die Ethik den Vorrang vor den beiden andern Disziplinen, der Logik und der Physik. Vgl. Bonhöffer, 1890, S. 13–28, sowie Kap. 46 und 52.

50 Der erste Topos (τόπος) der Philosophie ὁ τῆς χρήσεως τῶν θεωρημάτων deckt sich mit der Ethik, der dritte ὁ αὐτῶν τούτων βεβαιωτικὸς καὶ διαρθρωτικός mit der Logik. Der zweite Topos aber ὁ τῶν ἀποδείξεων »deckt sich zwar nicht ganz mit der Physik, berührt sich aber doch nahe mit ihr [...]. Die Begründung des Verbotes der Lüge gehört nach Epictet offenbar in das Gebiet der Physik, welche hauptsächlich auch das Wesen des Menschen, seine Stellung im Weltall und sein Verhältnis zu den Mitmenschen zu erforschen hat« (Bonhöffer, 1890, S. 19).

51 Verse von Kleanthes (SVF 1,527), der von 264–232 v. Chr. Haupt der stoischen Schule war. Eine lateinische Fassung findet sich bei Seneca, epist. mor. 107,11.

52 Euripides, Fragm. 965 Nauck.

53 Nach Platon, *Kriton* 43d.

54 Nach Platon, *Apologie* 30c–d.

Literaturhinweise

Textausgaben und Übersetzungen

Epictetus: *Encheiridion*. Ed. G.J. Boter, Berlin / New York: De Gruyter, 2007.

Epictetus. The Discourses as reported by Arrian, the Manual, and Fragments. With an English Translation by W.A. Oldfather. Bd. 2. Cambridge (Mass.): Harvard University Press / London: Heinemann, 1928. Nachdr. Ebd. 1978.

H. Schenkls Text (1916; Nachdr. Stuttgart 1965) mit seinem reichen Apparatus criticus und seinem Index verborum war unerläßliches Arbeitsinstrument.

Stoicorum Veterum Fragmenta. Collegit I. ab Arnim. 4 Bde. Leipzig: Teubner, 1903–24. Nachdr. Stuttgart 1964. [Zit. als: SVF, mit Band- und Seitenzahl.]

Den Epiktet-Übersetzungen von W. A. Oldfather, W. Capelle (Zürich 1948), H. Schmidt (Stuttgart 1984) und R. Nickel (Zürich/ München 1987) verdankt der Herausgeber wertvolle Anregungen. Die Anmerkungen Nickels erleichterten den Einstieg in die stoische Fachsprache.

Epictetus: Le diatribe e i frammenti. A cura di R. Laurenti. Rom/ Bari 1989.

Epictetus: Discourses. Book I. Transl. with an introd. and comm. by Robert F. Dobbin. Oxford 1998.

Simplicius of Cilicia: Commentaire sur le *Manuel* d'Epictète: Introd. et éd. critique du texte grec par I. Hadot. Leiden 1996.

Sekundärliteratur

Reiche Literaturangaben finden sich bei Oldfather (Bd. 1, 1979), Billerbeck, Pohlenz (1980) und M. Forschner.

Billerbeck, M.: Epiktet, Vom Kynismus. Hrsg. und übers. mit einem Komm. Leiden 1978.

Bonhöffer, A.: Epictet und die Stoa. Untersuchungen zur stoischen Philosophie. Stuttgart 1980. Nachdr. Stuttgart-Bad Cannstatt 1968.

– Die Ethik des Stoikers Epictet. Stuttgart 1894. Nachdr. Stuttgart-Bad Cannstatt 1968.

Bonhöffer, A.: Epiktet und das Neue Testament. In: Religionsgeschichtliche Versuche und Vorarbeiten. Hrsg. von R. Wünsch und L. Deubner. Bd. 10. Gießen 1911. Nachdr. Berlin 1964.

Brandt, U.: Kommentar zu Epiktets *Encheiridion*. Heidelberg 2015.

Colardeau, Th.: Édude sur Épictète. Paris 1903.

Costa, C.: Epiktets Philosophie des Willens. Basel 2016.

Duhot, J.-J.: Epictète et la sagesse stoïcienne. Paris 1996.

Eckermann, I. M.: Selbstwirksamkeit, Tugend und Reflexion. Antike Glückstheorien und die moderne Forschung. Marburg 2016.

Forschner, M.: Die stoische Ethik. Über den Zusammenhang von Natur-, Sprach- und Moralphilosophie im altstoischen System. Stuttgart 1981.

Hadot, P.: Philosophy as a Way of Life. Oxford 1995.

– The Inner Citadel: The Meditations of Marcus Aurelius. Cambridge (Mass.) 1998. [Enthält ein sehr hilfreiches Kapitel über Epiktet.]

Lebell, S.: Epictetus: The Art of Living. The Classical Manual on Virtue, Happiness, and Effectiveness. A New Interpretation. San Francisco 1995.

Pohlenz, M.: Grundlagen der stoischen Philosophie. In: Abhandlungen der Gesellschaft der Wissenschaften zu Göttingen. Philologisch-Historische Klasse 3,26 (1940) S. 1–122.

– Die Stoa. Geschichte einer geistigen Bewegung. 2 Bde. Bd. 1. Göttingen ^{5}1978. Bd. 2. Ebd. ^{5}1980.

Schlanger, J.: Sur la bonne vie. Conversations avec Epicure, Epictète, et d'autres amis. Paris 2000.

Spanneut, M.: Epiktet. In: Reallexikon für Antike und Christentum (RAC) 5 (1962) Sp. 599–681. [Diesen Ausführungen ist das Nachwort verpflichtet.]

Stockdale, J. B.: Courage Under Fire: Testing Epictetus' Doctrines in a Laboratory of Human Behavior. Stanford 1993. [An account of how the author used the principles of Stoic ethics to survive the rigors of a Vietnamese prisoner of war camp.] [Bericht über die Hilfe der stoischen Philosophie zum Überleben in einem vietnamesischen Kriegsgefangenenlager.]

Vogel, Chr.: Stoische Ethik und platonische Bildung. Simplikios' Kommentar zu Epiktets *Handbüchlein der Moral*. Heidelberg 2013.

Wöhrle, G.: Epiktet für Anfänger – Gespräche und Handbüchlein der Moral. Eine Lese-Einführung. München 2002.

Nachwort

Von allen aus der griechischen und römischen Antike überlieferten Werken nimmt das *Handbüchlein* Epiktets in Anruf und Ermahnung, Befehl und Gebot den Menschen am unmittelbarsten und eindringlichsten in die sittliche Pflicht. Es will ihn von seinen Irrtümern und inneren Fesseln wie »Unruhe, Trauer, Furcht, unerfülltes Begehren, gescheitertes Meiden, Neid und Eifersucht« (*Dissertationes* [diss.] 3,22,61) befreien und ihn so auf jenen »Weg zur Glückseligkeit« (πάροδος εὐδαιμονίας) führen, dessen Ziel nur durch nie erlahmende Übung (ἄσκησις) im sicheren und richtigen Gebrauch der Vorstellungen und im Gewinnen des untrüglichen Urteils, durch Bemühung um seelische Lauterkeit und Unabhängigkeit erreicht werden kann. Das kleine Buch war nicht nur für das spätere heidnische Altertum und das junge Christentum sehr bedeutend, sondern übte seinen tiefen Einfluß auch auf das Denken und Fühlen der Menschen in byzantinischer Zeit aus. Später schätzte Blaise Pascal (1623–62) Epiktet hoch, und Goethe stellte ihn sogar über die Großen der griechischen Philosophie: »Weder die Schärfe des Aristoteles, noch die Fülle des Plato fruchteten bei mir im mindesten. Zu den Stoikern hingegen hatte ich schon früher einige Neigung gefaßt, und schaffte nun den Epiktet herbei, den ich mit vieler Teilnahme studierte« (*Dichtung und Wahrheit*, 6. Buch). Giacomo Leopardi (1798–1837), der große italienische Dichter und begeisterte Freund der griechischen Sprache, die er an Ausdrucksfähigkeit allen andern vorzog, hat das *Manuale* übersetzt, ebenso gegen Ende desselben Jahrhunderts der schweizerische Philosoph, Staatsrechtler und Politiker Carl Hilty (1833–1909), der es seinem vielgelesenen Werk *Glück* (3 Bde., Leipzig 1891–99) in eigener Übersetzung eingefügt, (oft eigenwillig) kommentiert und gewürdigt hat: »[...] ist das Handbuch

Epiktets diejenige Schrift des Altertums, welche an sittlichem Gehalte den höchsten Rang beanspruchen kann und der christlichen Sittenlehre am nächsten steht.«

Leben und Werk

Über das Leben Epiktets wissen wir nur wenig. Fast alle Nachrichten Dritter stammen aus drei Quellen: den *Noctes Atticae* des Gellius, dem aus dem sechsten nachchristlichen Jahrhundert stammenden Kommentar des Simplikios zum *Encheiridion* und dem sogenannten *Lexikon* des Suidas. Die Angaben dieser Quellen sind unvollständig und oft wenig zuverlässig. Die Persönlichkeit des Philosophen erschließt sich uns am besten aus seinem Werk.
Epiktet wurde um das Jahr 50 n. Chr. in Hierapolis geboren, jener wichtigen Stadt Südphrygiens, die zu gleicher Zeit Zentrum des Kybelekultes und Sitz einer christlichen Gemeinde war; um diese hat sich um 60 der Apostel Paulus im *Kolosserbrief* (4,13) Sorgen gemacht. Epiktet war Sklave, wie auch ein anonymes Epigramm (Anth. Pal. 7,676) bezeugt:

> Δοῦλος Ἐπίκτητος γενόμην καὶ σῶμ' ἀνάπηρος
> καὶ πενίην Ἶρος καὶ φίλος ἀθανάτοις.
>
> Ich Epiktetos war Sklave, am Körper ein elender Krüppel,
> war wie Iros so arm und den Unsterblichen – lieb.
> (Übers. von H. Beckby)

Als Sklave kam Epiktet nach Rom, wo er im Dienst eines Freigelassenen Neros stand, des Epaphroditos, der, menschlich wenig sympathisch, am Kaiserhof eine bedeutende Stellung bekleidet zu haben scheint. Für den Sklaven – und späteren Freigelassenen – Epiktet wird Freiheit zum Schlüsselwort seines Lebens, zum Leitthema seiner Lehrgespräche und Lehrvorträge: die Wörter »frei« (in der Form des

Adjektivs und Verbs) und »Freiheit« tauchen rund hundertdreißigmal in seinen Schriften auf – beim Kaiser Mark Aurel – der zusammen mit Epiktet den glanzvollen Abschluß der stoischen Philosophie bildet – dagegen nur zweimal. Von dieser Leidenschaft für die Freiheit her wird seine Beharrlichkeit erklärlich, mit der er immer wieder den Unterschied zwischen den Dingen, die sich in unserer Gewalt befinden und jenen, die unserem Einfluß entzogen sind, betont. Da ihm die äußere Freiheit verwehrt war, mußte er die Freiheit in seinem Innern suchen als Bewußtsein der Unantastbarkeit des personalen Kerns trotz äußerer Fesseln. »Freiheit ist ein Zustand des Gemüts und nicht primär ein objektiver Rechtszustand oder eine Qualität des Handelns in der Welt. [...] Von entscheidender Bedeutung für den stoischen Weisen ist seine Disposition, wie er innerlich ist und sich fühlt. Wenn er auch den äußeren Fluß der Ereignisse nicht zu beeinflussen vermag, so kann er doch seine eigene Stellung zu den Ereignissen bestimmen [...]. Was immer dem Menschen vorgegeben ist und ihm widerfährt, kann und soll durch die Affirmation des Fatums seines Zwangscharakters entledigt und damit zu etwas werden, demgegenüber das Subjekt in Freiheit sich verhält« (Forschner, 1981, S. 111). Zum stoischen Freiheitsbegriff hier eine kleine Randbemerkung: Leopardi hat in seinem *Zibaldone di pensieri*, seinem »Mischmasch oder Sammelsurium von Gedanken« genannten Tagebuch unter dem Datum des 21. Juni 1823 energisch gegen die verbreitete Meinung Einspruch erhoben, »der Weise [...] sei in keiner Beziehung dem Schicksal unterworfen«. Wenn der Körper, wie er anhand einiger Beispiele beweist, ganz dem Schicksal unterworfen sei und äußeren Einflüssen unterliege, so sei es »höchst gewagt zu behaupten, der Geist, der doch völlig und stets vom Körper abhängt, könne von äußeren Dingen, könne vom Schicksal unabhängig sein. Mein Schluß ist, daß jener vollkommene Weise, wie die Alten ihn wollten und wie er nie existiert hat als allein in der Vorstellung, daß auch er ganz und gar des

Schicksals Untertan wäre, denn in der Hand eben dieses Schicksals läge auch all die Vernunft, auf welcher er seine Unabhängigkeit von dem Schicksal gründen würde« (G. Leopardi, *Das Gedankenbuch*, München 1985, übers. von H. Helbling).

Nun, Epiktet dachte – und handelte – anders. Unerschüttert nahm er es hin, als Epaphroditos ihm willentlich ein Bein brach, wodurch er zum Krüppel wurde. Immerhin erlaubte ihm sein Herr, in Rom Vorlesungen des aus einer alten etruskischen Familie stammenden stoischen Philosophen C. Musonius Rufus zu besuchen, der einen kynisch gefärbten Stoizismus lehrte. Getreu Senecas Maxime *facere docet philosophia, non dicere* (epist. mor. 20,2) sollte die Philosophie nach Musonius die Maßstäbe für sittliches Handeln im Alltag in Form praktischer Lebensregeln vermitteln. Dieser Lehrer begeisterte Epiktet und prägte sein Denken und den Stil seines Lehrvortrags; oft wird er von ihm genannt, zitiert, paraphrasiert und kommentiert. Nach seiner Freilassung begann Epiktet, seinerseits in Rom philosophischen Unterricht zu erteilen. Wie alle Philosophen, so mußte auch er im Jahre 89 auf Befehl Kaiser Domitians Rom und Italien verlassen. Er begab sich nach Nikopolis in Epirus – eine von Octavian bei Actium, dem Ort der Entscheidungsschlacht gegen Antonius (31 v. Chr.), gegründete Stadt – wo er bis zum Lebensende, wohl nach 120 n. Chr., offenbar vor vielen Zuhörern stoische Philosophie lehrte. Anzumerken bleibt noch, daß Epiktet mit Kaiser Hadrian persönlich bekannt war, während er mit Mark Aurel, seinem großen Bewunderer und Verehrer, nie zusammentraf. Angeblich hat er die Ehelosigkeit erst in seinen alten Tagen aufgegeben, weniger aus Liebe, als um eine Gehilfin beim Aufziehen des Kindes einer befreundeten Familie zu haben.

Epiktet hat, wie sein großes Vorbild Sokrates, wie auch Jesus, nichts geschrieben. Von den Lehrvorträgen wäre nichts auf uns gekommen, hätte nicht sein Schüler Flavius Arrianus, der nachmalige römische Konsul und spätere

Historiker – sein berühmtestes Werk ist die Geschichte Alexanders des Großen – sie für die Nachwelt aufgezeichnet. Epiktets Texte stellen also in Wirklichkeit ein Stenogramm mündlicher Literatur dar, sind Kollegnotizen oder Vorlesungsmitschriften.

Das Werk Epiktets liegt in seiner heutigen Gestalt in drei Teilen vor: den *Dissertationes*, dem *Handbüchlein* und den Fragmenten. Von den acht Büchern *Unterredungen* oder *Dissertationes* (diss.) oder *Diatriben* (Διατριβαί) sind nur vier erhalten. Eine dem Lucius Gellius gewidmete Vorrede in Briefform kennzeichnet sie als Aufzeichnungen des Arrianus:

> ὅσα δὲ ἤκουον αὐτοῦ λέγοντος, ταῦτα αὐτὰ ἐπειράθην αὐτοῖς ὀνόμασιν ὡς οἷόν τε ἦν γραψάμενος ὑπομνήματα εἰς ὕστερον ἐμαυτῷ διαφυλάξαι τῆς ἐκείνου διανοίας καὶ παρρησίας. ἔστι δὴ τοιαῦτα ὥσπερ εἰκὸς ὁποῖα ἄν τις αὐτόθεν ὁρμηθεὶς εἴποι πρὸς ἕτερον, οὐχ ὁποῖα ἂν ἐπὶ τῷ ὕστερον ἐντυγχάνειν τινὰς αὐτοῖς συγγράφοι.
>
> »Aber was immer ich ihn [Epiktet] sagen hörte, dies schrieb ich nieder, Wort für Wort, so gut es ging, mich bemühend, es zur Erinnerung an sein Denken und freimütiges Reden zu meinem eigenen künftigen Gebrauch aufzubewahren. Es sind nun natürlich solche Äußerungen, wie sie einer spontan zu einem andern macht, und nicht solche, wie er sie ausfeilen würde, wenn sie einer später zu Gesicht bekommen sollte.«

Nach dieser Charakterisierung dürfte es also wahrscheinlich sein, daß Arrians *Dissertationes* auf einer stenographischen Mitschrift der Worte seines Lehrers beruhen (»a stenographic record of the *ipsissima verba* of the master«; Oldfather, 1979, S. XIII). Auch ein sprachliches Indiz spricht dafür: Seine eigenen literarischen Werke sind in attischem Griechisch verfaßt, während die Sprache der *Dissertationes* das

Griechisch der Koine widerspiegelt, das heißt der Sprache des Neuen Testaments enger verwandt ist als der Sprache Xenophons. Der Stenogrammcharakter der epiktetischen Diatriben ist allerdings nicht unumstritten. Wenn Arrian in seinem Widmungsbrief behauptet, er habe die Unterweisungen seines Lehrers wörtlich wiedergegeben und sie deshalb nicht durchkomponiert und ausgefeilt, so seien dies Topoi der fiktiven Beglaubigung und Bescheidenheit. Diese These vertritt Th. W. Wirth (Arrians Erinnerungen an Epiktet, in: *Museum Helveticum* 24, 1967), ausgehend von der Beobachtung, daß manche Diatriben Gespräche unter vier Augen darstellten und daher unmöglich ein Stenogramm Arrians sein könnten. Für Wirth sind die epiktetischen Diatriben Apomnemoneumata in der Tradition Xenophons. Zustimmung fand Wirth bei Billerbeck (1978, S. 5 f.) mindestens im Hinblick auf die lange Diatribe 3,22, »die im Aufbau zu sehr durchdacht und gegliedert ist, als daß sie das Stenogramm einer Stegreifunterweisung sein könnte«.
Ebenfalls Arrian verdanken wir das *Handbüchlein* (Ἐγχειρίδιον), einen Auszug aus der Lehre des Meisters, eine Art Kompendium oder Manual, das knapp die Hauptgedanken der *Unterredungen* für eilige Leser zusammenfaßt. Im kleineren Werk finden sich dabei Entsprechungen bis in den genauen Wortlaut hinein. Das Wort ἐγχειρίδιον kann ebenso »Dolch« bedeuten; die Metapher vom Wort als Waffe fällt einem da sofort ein, vielleicht auch der Satz aus dem *Hebräerbrief* 4,12: »Denn das Wort Gottes ist lebendig und wirksam und schärfer als jedes zweischneidige Schwert ...« Faßt man ἐγχειρίδιον im Sinne von »Handbüchlein«, ist es als Adjektiv zu verstehen, zu dem man das Substantiv βιβλίον (Buch) ergänzt.
Schließlich sind noch an die hundert Fragmente überliefert, die sich hauptsächlich bei Johannes Stobaios finden.
Epiktets Ausführungen sind als sogenannte *Diatriben* (Διατριβαί) überliefert. Der Begriff bedeutet ursprünglich »Verweilen«, »Umgang mit jemandem«, »Zeitvertreib«,

»Beschäftigung mit etwas«, dann aber auch »Gespräch«, »Diskussion«, »Vortrag im Gesprächston«, »Unterricht«, »Unterweisung«. Von Diogenes Laertius erfahren wir, daß schon der Philosoph und Wanderprediger Bion von Borysthenes im dritten vorchristlichen Jahrhundert Vorträge über populärphilosophische Fragen hielt, die als Diatriben niedergeschrieben und verbreitet wurden. Eine Diatribe ist die in lebhaftem und lockerem Vortragston gegebene Behandlung eines Gedankens praktischer Ethik und Lebensweisheit. Bevorzugte Themen sind Armut, Verbannung, Tod, Sinneslust, Autarkie, Apathie, die rechte Einstellung zu Ehe, Freundschaft usw. Sie wendet sich bewußt nicht an den Fachphilosophen, sondern an den Laien, meidet Fachsprache und Systematik und ist gekennzeichnet durch einen einfachen, parataktischen Stil mit schlichten Stilmitteln wie Isokola, Parallelismus, Antithesen, fingiertem Dialog mit einem anonymen Gesprächspartner und Verwendung von Personifikationen; Scherze, Dichterzitate, Anekdoten, historische und mythologische Exempla erhöhen die Farbigkeit und Lebendigkeit des Vortrags. All diese Vorzüge ließen sie zum genuinen Instrument der kynischen und stoischen Belehrung werden. Merkmale des Diatribenstils lassen sich auch bei Horaz, Seneca, Cicero, Plutarch und im Neuen Testament nachweisen, ja sogar in dem in hellenistischer Zeit entstandenen *Prediger Salomo*, der dem alttestamentlichen Kanon angehört.

Mit seinem leb- und bildhaften, mit Vergleichen und Zitaten, mit Argumenten und Paränesen gespickten Vortrag, der gelegentlich sogar noch den Charakter des Extemporalen spüren läßt, mit seiner breiten thematischen Streuung, wo das Prinzipielle und Dogmatische neben dem Alltagsproblem steht, mit seiner Neigung zum Dialogischen und seiner warmen religiösen Eindringlichkeit erfüllt Epiktet in seinen Lehrvorträgen die Gesetze dieses literarischen Genos vorbildlich.

Alle etwa 20 bekannten Handschriften der epiktetischen Diatriben sind Apographa (= s) des in der Bodleian Library Oxford aufbewahrten Codex (Cod. Misc. Graec. 251, Auct. T. 4. 13; = S). Aufgrund der Schrift eines Korrektors hat N. G. Wilson die Handschrift sicher in die zweite Hälfte des 11. Jahrhunderts datiert. Das *Handbüchlein* hat eine viel reichere Überlieferung: 54 Handschriften (eine aus dem 12. Jahrhundert, zwei aus dem 13., sechs aus dem 14. Jahrhundert usw.) bieten den vollständigen Text, 13 andere Florilegien daraus.

Die Editio princeps der *Unterredungen* unternahm Victor Trincavelli 1535 in Venedig. Das *Encheiridion* war bereits 1497 in lateinischer Übersetzung von Angelo Poliziano in Bologna herausgegeben worden; der griechische Text erschien 1528 in Venedig, zusammen mit dem Kommentar des Simplikios.

Grundzüge der Philosophie Epiktets

Epiktet, der sich selbst nie als Philosophen bezeichnet, ist als Philosoph, wie die Forschung einhellig betont, ein orthodoxer Stoiker, der ständig auf die großen Meister der Schule verweist, auf Zenon, Kleanthes und Chrysipp. Seine außergewöhnliche Bewunderung für Sokrates, seinen fernen Vorgänger, und für den Kyniker Diogenes, die Verkörperung seines Ideals, bestätigt gleichfalls seine Schulzugehörigkeit. Obwohl er, der Tradition folgend, das stoische System der Philosophie in ihren drei Teilen Logik, Physik und Ethik anerkennt, konzentriert sich seine Philosophie noch mehr als bei den andern Stoikern auf die praktische Ethik. Naturwissenschaftliche Interessen gingen ihm gänzlich ab, und die Physik war für ihn nur insoweit von Belang, als sie für Anthropologie und Theologie unentbehrlich war. Die Logik hingegen erachtete er nicht nur als unerläßliches Propädeutikum wissenschaftlicher Arbeit, sondern auch als unverzicht-

bare Voraussetzung richtigen Handelns, da er glaubte, daß falsche Werturteile die einzige Quelle verwerflicher Neigungen seien. Nicht die Dinge selbst erregen uns nämlich und lenken unser Handeln, sondern unser Urteil, unser »Dogma« (δόγμα), durch das wir subjektiv ihnen Wert beimessen oder nicht. Das δόγμα läßt uns zum Beispiel vor einem Tyrannen zittern, vor dem das Kind keine Angst hat. Für Epiktet wird der rechte »Gebrauch der Vorstellungen« durch den Logos (χρῆσις τῶν φαντασιῶν) zum Zentralbegriff, der dem Menschen seine Autonomie gegenüber der Außenwelt ermöglicht. Das Fundament seiner Ethik ist die Einteilung der Dinge, die »Dihairesis«, in solche, die in unserer Macht stehen, über die wir gebieten (τὰ ἐφ' ἡμῖν oder τὰ ἐμά), und in solche, die nicht in unserer Macht stehen, über die wir nicht gebieten (τὰ οὐκ ἐφ' ἡμῖν oder τὰ ἐπ' ἄλλοις), und es ist sicher in Epiktets Sinne, wenn Arrian sein *Handbüchlein* mit den programmatischen Sätzen beginnt: »Über das eine gebieten wir, über das andere nicht.« Jeder Mensch ist selbst verantwortlich für seine guten und schlechten Taten, für sein Glück und sein Unglück: Wer Dinge begehrt (ὀρέγεσθαι) oder meidet (ἐκκλίνειν), die nicht in seiner Macht stehen, und auf sie sein praktisches Handeln ausrichtet, erlebt notwendigerweise Fehlschläge, seelisches Leid und fühlt sich dauernd unglücklich. Wer hingegen nur begehrt, was in seiner Macht liegt, gewinnt Freiheit, innere Ruhe (ἀταραξία und ἀπάθεια), die feste Gesundheit der Seele (εὐστάθεια) und den guten Fluß des Lebens (εὔροια), mit einem Wort die Glückseligkeit (εὐδαιμονία). Wer sich so auf sein Inneres zurückzieht und vom Streben nach äußeren Dingen losmacht, entzieht sich jedem fremden Zwang. Er allein ist wahrhaft frei. Unsere Seele ist von Gott mit einer außergewöhnlichen Fähigkeit begabt, der προαίρεσις. Dieser Ausdruck, der ungefähr sechzigmal verwendet wird (Komposita und Ableitungen nicht miteingerechnet), ist ein Kernbegriff seiner Ethik. Sie prüft die Vorstellungen des Verstandes oder δόγ-

ματα; sie entscheidet über unser Verhalten gegenüber der Phantasievorstellung (φαντασία); sie ist »die klare, verstandesmäßige grundsätzliche Vorentscheidung darüber, was wir als gut und nützlich für uns anzusehen haben und was nicht, [...] die Voraussetzung für jede Einzelentscheidung, nicht als einmaliger Akt, sondern als die feste geistige Einstellung, aus der all unser praktisches Einzeltun fließt« (Pohlenz, [5]1978, S. 332 f.).

Epiktet dringt auf dauernde Selbsterziehung und unablässige Selbstbeobachtung (ἄσκησις), wenn wir sittliche Fortschritte machen wollen. Praktische Askese wie Einschränkung im Essen und Trinken empfiehlt er durchaus, aber das Wesentliche ist die geistige Selbsterziehung, deren eigentliche Aufgabe darin besteht, sich das rechte δόγμα anzueignen, aus dem das richtige Begehren und Streben von selber fließt.

Der Mensch muß sich zunächst um seine eigene sittliche Vollkommenheit bemühen. Um diese zu erreichen, muß er die großen menschlichen Tugenden pflegen: die Reinheit (καθαρότης), die »Ehrfurcht vor der eigenen Menschenwürde als unantastbarem Heiligtum« (Pohlenz, [5]1978, S. 335) (αἰδώς) und die Zuverlässigkeit in der Erfüllung der Pflichten gegenüber den Mitmenschen (πίστις). Diesen schuldet er als ein »zahmes und für die Gemeinschaft bestimmtes Lebewesen« (ἥμερον καὶ κοινωνικὸν ζῷον) Solidarität, Anteilnahme und Hilfe. Der Mensch trägt nämlich neben der Eigenliebe auch die naturhafte Zuneigung, die οἰκείωσις, zu den Mitmenschen in sich. Die Sym-pathie mit dem Nächsten leitet sich von unserem gemeinsamen göttlichen Ursprung her und schließt niemanden aus, auch nicht den Sklaven: »Willst du deinen Bruder nicht dulden, der Zeus zum Vater hat, der wie ein Sohn aus den gleichen Samen wie du geboren und von der gleichen göttlichen Abkunft ist? [...] Willst du nicht dessen eingedenk sein, wer du bist und wem du befiehlst? Verwandten, natürlichen

Brüdern, Söhnen des Zeus?« (diss. 1,13,3 f.). Brüder sind alle Menschen, weil sie alle von Gott abstammen und in gleicher Weise in ihrer Brust den göttlichen Funken tragen.

Ehe und Kinderzeugung gehören ebenso wie die Übernahme öffentlicher Ämter zu den Bürgerpflichten. Die Ehe ist unbedingt heilig zu halten, Geschlechtsverkehr vorher möglichst zu meiden; der Ehebruch verstößt ebenso gegen das eigene sittliche Gefühl wie gegen die Gemeinschaftspflicht. Jeder Mensch hat im Schauspiel des Lebens eine bestimmte Rolle zu spielen (Kap. 17), die ihm Gott zuteilt. Der Ruf Gottes entscheidet über die individuelle Berufung, über die des Philosophen im besonderen. Epiktet beschreibt in einem ausführlichen Bild bis ins einzelne die Erfordernisse dieser Berufung (bes. diss. 3,22), worin nicht einmal der Zölibat fehlt, der von familiären Verpflichtungen und öffentlichen Aufgaben aller Art zugunsten einer höheren Mission entbindet: »[. . .] muß der Kyniker nicht ungehindert sein, ganz im Dienst der Gottheit stehen, imstande sein, unter den Menschen herumzugehen, nicht gefesselt durch bürgerliche Pflichten, nicht gebunden durch persönliche Beziehungen, durch deren Verletzung er nicht mehr den Charakter des Ehrenmannes bewahren, durch deren Wahrnehmung er aber den Boten, den Kundschafter und Herold der Götter zerstören würde?« (diss. 3,22,69; übers. von M. Billerbeck, 1978, S. 29).
Die Beziehung zu Gott steht im Zentrum der Lehre Epiktets. Die Welt ist ein von göttlichem Geist erfüllter und geordneter Kosmos, in dem alle Teile in Sympathie miteinander stehen und besonders die Menschenseele so innig mit der Allgottheit verwachsen ist, daß sie deren Wesen und Wirken zu begreifen vermag. Begeisterte Worte findet Epiktet für den Menschen, insofern er Tempel Gottes ist: »Du bist ein Bruchstück Gottes. Du hast einen Teil Gottes in dir [. . .]. Du trägst Gott überall mit dir, Unseliger, und weißt es nicht. Du glaubst, ich spreche von einem äußerlichen Gott

aus Silber oder Gold? Du trägst ihn in dir und bemerkst nicht, daß du ihn durch deine unreinen Gedanken und schmutzigen Taten besudelst. Vor einem Bild Gottes würdest du nicht wagen, etwas von dem zu tun, was du nun tust. Vor Gott selber aber, der in dir gegenwärtig ist und alles sieht und hört, schämst du dich nicht, solche Dinge zu denken und zu tun, o Mensch, der du deiner eigenen Natur nicht bewußt bist, du Gegenstand des göttlichen Zorns« (diss. 2,8,11–14). Aus Güte hat Gott die gesamte Welt und alles, was drinnen ist, geschaffen. Aufgabe des Menschen ist es, seinen Willen dem Willen Gottes anzugleichen und zu erkennen, daß alles, was geschieht, im Sinne des göttlichen Planes geschieht. Man hat darum von einer »Ethik der Übereinstimmung mit Gott« gesprochen. Es handelt sich darum, »der Natur zu folgen« – dies ein alter stoischer Ausdruck, der, verschieden abgewandelt, ungefähr vierzigmal wiederkehrt: »Ich aber, was will ich? Die Natur verstehen lernen und ihr folgen« (Kap. 49). »[...] es ist ein Gesetz des Lebens (νόμος βιωτικός), in Übereinstimmung mit der Natur zu handeln« (τὸ ἀκόλουθον τῇ φύσει πράττειν) (diss. 1,26,1). Es ist uns aufgetragen, »den Willen den Ereignissen anzupassen« (vgl. Kap. 31) oder gar, ihnen entgegenzukommen: »Wenn ich wirklich wüßte, daß mir jetzt bestimmt ist, krank zu sein, dann würde ich (der Krankheit zum Empfang) entgegeneilen« (diss. 2,6,10). »Verlange nicht, daß das, was geschieht, so geschieht, wie du es wünschst, sondern wünsche, daß es so geschieht, wie es geschieht, und dein Leben wird heiter dahinströmen« (Kap. 8). Alles, was geschieht, ist gut, denn es kommt von Gott, der bei Epiktet, jenseits des Pantheismus altstoischer Prägung, Züge eines geistig-persönlichen Wesens annimmt. Da also seine Güte und Weisheit außer Frage steht, sollen wir uns bedingungslos in seinen gnädigen Willen ergeben, auch wo er Leidvolles schickt. Selbst wenn uns das Liebste genommen wird, sollen wir nicht die Fassung verlieren, sind uns doch alle Güter nur auf Zeit geliehen (Kap. 3). Wird

aber das Leid des Lebens zu schwer, so daß für uns ein naturgemäßes Dasein nicht mehr möglich ist, so steht uns die Tür offen und wir werden aus dem Leben scheiden. Nach dem Tod löst sich das Einzelwesen in seine Elemente auf, damit ein anderes an seine Stelle treten kann. An ein persönliches Fortleben glaubt Epiktet nicht, des Menschen Seele geht im All auf und kehrt so heim zu Gott. Voll Dankbarkeit scheidet der Mensch, der seiner Definition nach »derjenige ist, der sich zu einer Reise rüstet« (ἀποδημητικός) und der sich davor hüten muß, »die Herberge« (πανδοκεῖον) mit dem Ziel zu verwechseln, aus der Welt, wenn Gott ihn abberuft: »Nun willst du, daß ich das große Fest (πανήγυρις) verlasse; ich verlasse es. Ich danke dir vorbehaltlos dafür, daß du mich für würdig erachtet hast, mit dir an diesem Fest teilzunehmen (συμπανηγυρίσαι σοι) und deine Werke zu sehen [...]« (diss. 3,5,10). Wäre der Mensch nicht blind für die in allem großartig eingerichtete Welt, er würde Gott unablässig dafür danken: »Was kann ich lahmer, alter Mann denn anderes tun als Gott preisen? Wäre ich eine Nachtigall, so sänge ich das Lied der Nachtigall; wäre ich ein Schwan, das des Schwans. Nun aber bin ich ein vernunftbegabter Mensch: ich muß Gott preisen. Dies ist mein Werk; ich vollbringe es und werde meinen Platz so lange nicht aufgeben, wie mir dies erlaubt ist; euch ermahne ich, den gleichen Lobpreis zu singen« (diss. 1,16,20 f.).

Eine gedankliche Nähe der Lehren Epiktets und des Neuen Testaments ist unverkennbar. Ob und wieweit das Christentum und das Evangelium Epiktet beeinflußt haben, ob er gar das Neue Testament gelesen hat, ist eine alte Streitfrage. Seit A. Bonhöffers Untersuchungen (1911) der Terminologie, des Stils und der Lehren Epiktets wird sie heute mehr und mehr mit einem Nein beantwortet. Bonhöffer beweist, daß Epiktet nicht mehr vom Neuen Testament abhängig ist als dieses vom Stoizismus. Schon 1708 hatte M. Rossal die stoischen Lehren genannt, die mit der Botschaft des Evange-

liums unvereinbar sind: Polytheismus, Eidesformeln, das Verlassen des Lebens im Selbstmord, der Stolz und die Allmacht des geradezu vergöttlichten Menschen. Mit seiner 120seitigen Abhandlung wollte er beweisen, »daß Epiktet nicht Christ gewesen ist«.

In seiner Einleitung zum *Encheiridion* beklagt Oldfather (1978, S. 479), daß die meisten von denen, die Epiktet überhaupt kennen, ihn allein von diesem kleinen Werk her kennen. Er fährt fort: »That is a pity, because the necessary aridity and formalism of such a systematization obscure the more modest, human, and sympathetic aspects of the great teacher's character.« Vielleicht weckt der tiefe Ernst und die fromme Glut auch des *Handbüchleins* im einen oder andern Leser das Verlangen, das ganze überlieferte Werk des phrygischen Sklaven kennenzulernen. Reicher geistiger und seelischer Gewinn ist ihm dabei sicher.

Inhalt

Ἐγχειρίδιον · Handbüchlein der Moral